徳間文庫

禁裏付雅帳（十二）

継（けい）争（そう）

上田秀人

徳間書店

目次

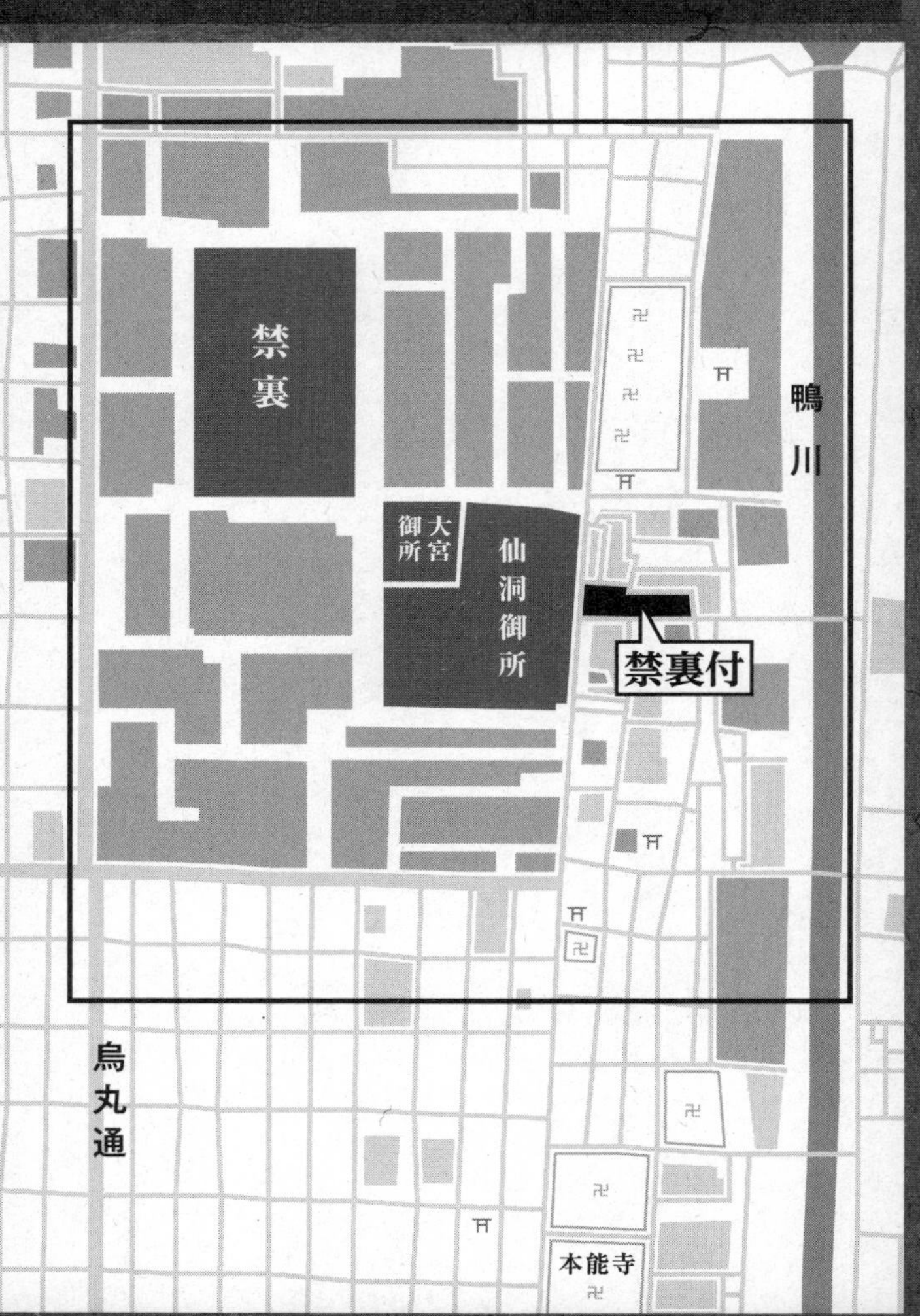
禁裏
大宮御所
仙洞御所
禁裏付
鴨川
烏丸通
本能寺

天明　洛中地図

堀川
丸太町通
所司代下屋敷
所司代屋敷
二条城
東町奉行所

天明　禁裏近郊図

今出川御門
乾御門
石薬師御門
禁裏
公家屋敷
鴨川
中立売御門
清和院御門
大宮御所
蛤御門
仙洞御所
公家屋敷
禁裏付
寺町御門
下立売御門
堺町御門

禁裏（きんり）
天皇常住の所。皇居、皇宮、宮中、御所などともいう。十一代将軍家斉の時代では、百十九代光格天皇、百二十代仁孝天皇が居住した。周囲には公家屋敷が立ち並ぶ。
「禁裏」とは、みだりにその裡に入ることを禁ずるの意から。

禁裏付（きんりづき）
禁裏御所の警衛や、公家衆の素行を調査、監察する江戸幕府の役職。老中の支配を受け、禁裏そばの役屋敷に居住。定員二名。禁裏に毎日参内して用部屋に詰め、職務に当たった。禁裏で異変があれば所司代に報告し、また公家衆の行状を監督する責任を持つ。朝廷内部で起こった事件の捜査も重要な務めであった。

京都所司代（きょうとしょしだい）
江戸幕府が京都に設けた出向機関の長官であり、京都および西国支配の中枢となる重職。定員一名。朝廷、公家、寺社に関する庶務、京都および西国諸国の司法、民政の担当を務めた。また辞任後は老中、西丸老中に昇格するのが通例であった。

主な登場人物

東城鷹矢(とうじょうたかや)　五百石の東城家当主。松平定信から直々に禁裏付を任じられる。

温子(あつこ)　下級公家である南條蔵人の次女。

徳川家斉(とくがわいえなり)　徳川幕府第十一代将軍。実父・治済の大御所称号勅許を求める。

一橋治済(ひとつばしはるさだ)　将軍家斉の父。御三卿のひとつである一橋徳川家の当主。

松平定信(まつだいらさだのぶ)　老中首座。越中守。幕閣で圧倒的権力を誇り、実質的に政(まつりごと)を司る。

安藤信成(あんどうのぶなり)　若年寄。対馬守。松平定信の股肱(ここう)の臣。鷹矢の直属上司でもある。

弓江(ゆみえ)　安藤信成の配下・布施孫左衛門の娘。

戸田忠寛(とだただとお)　京都所司代。因幡守。

霜月織部(しもつきおりべ)　徒目付(かちめつけ)。定信の配下。

津川一旗(つがわいっき)　徒目付。定信の配下。

光格天皇(こうかくてんのう)　今上帝。第百十九代。実父・閑院宮典仁親王への太上天皇号を求める。

土岐(とき)　駆仕丁。元閑院宮家仕丁。光格天皇の子供時代から仕える。

近衛経熙(このえつねひろ)　右大臣。五摂家のひとつである近衛家の当主。徳川家と親密な関係にある。

二条治孝(にじょうはるたか)　大納言。五摂家のひとつである二条家の当主。妻は水戸徳川家の嘉姫(よしひめ)。

広橋前基(ひろはしさきもと)　中納言。武家伝奏(ぶけてんそう)の家柄でもある広橋家の当主。

第一章　東下の難

一

箱根の関所で厳しいのは、荷箱と女である。

荷箱はなかに鉄炮(てっぽう)が入っていないかどうかを、徹底して検(あらた)められる。それこそ二重底ではないかどうかも確認された。

女は江戸へ向かうぶんにはさほどうるさくないが、東から西へ関所をこえるとなると厳しい詮議を受けた。言うまでもなく、江戸に人質として留め置かれている大名の正室や娘などの脱出を防ぐためであった。

つまり、それ以外は緩い。

「禁裏付東城典膳正である。上様のお召しにより、任地より江戸へ向かう。これなるは家士と小者」

「どうぞ、お通りあれ」

そう告げるだけで、関所番はあっさりと認める。

箱根の関所は幕府の設けたものだが、江戸から在番を派遣するのは手間なため、このあたりを領する小田原藩に預けられていた。

関所番はその任にある間、幕臣に準ずる扱いを受け、大名とも面談できるが、さすがに千石高の旗本相手はしにくい。

「先日、箱根関を通過いたしたときに、関所番からこのような扱いを受けましてござる」

城中で大久保家の当主とすれ違ったときにでも苦情を入れられれば、大事になる。これが大名同士だと、大久保家の面目もあり、多少のことは我慢してくれるが、旗本は気を遣わない。

津川一旗を三島の宿場で屠った鷹矢たちは、翌昼には箱根関所をこえた。

「あれで終わりだと思うか」

鷹矢が家士の檜川に問うた。

「それはいささか甘いかと」

檜川が首を横に振った。

「権を持つ者はしつこいもんでっせ」

小者に扮している御所仕丁の土岐が手を振った。

「次はどこだと思う」

鷹矢が訊いた。

「そりゃあ、危ないのは箱根の山のなかですやろう。今は松並木の間を街道が通ってますけど、じきに片側は崖になりますで」

「上から追い落とせばすむか」

「そうでんな。さらに崖から落ちて死んだら、誰のせいでもおまへん。疑いを受けることもおまへんわな」

ため息を吐いた鷹矢に土岐が笑った。

「ご懸念なく」

それに対して檜川が真面目な顔で首を横に振った。

「上から来る者を見逃しませぬ。たとえ弓で射られようとも防いで見せましょう」

檜川が自信を見せた。

大坂で道場を開いていた檜川である。その実力は疑いようもない。事実、今まで何度も鷹矢の危機を救ってきた。

「たのもしいことよ」

鷹矢はうなずいた。

若年寄（わかどしより）安藤（あんどう）対馬守（つしまのかみ）信成（のぶなり）は、老中首座松平（まつだいら）越中守（えっちゅうのかみ）定信（さだのぶ）に呼び出されていた。

「東城典膳正をこちら側に引き留めておくように命じたはずだが」

「まことに申しわけもございませぬ」

城中黒書院に付属する小部屋、溜（たまり）で老中の密談部屋で安藤対馬守は、松平定信の怒りを浴びせられて、冷や汗を掻（か）いていた。

「男といえば女、家中でも名の知れた美形を送りこんだのでございまするが」

安藤対馬守が言いわけをした。

「愚かな」

松平定信が盛大に嘆息した。

「……」

安藤対馬守がますます身を縮めた。

「なぜ陪臣の娘を出した。そなたの一門に適当な娘もおろう」

「たかが千石に……それも走狗（そうく）ではございませぬか」

あきれる松平定信に安藤対馬守が反論した。

「情けないことだ。旗本の矜持（きょうじ）を考えておらぬとは。よいか、旗本というのは、大名になれなかったことを、終生、いや末代まで後悔する者なのだ」

松平定信が語り始めた。

「徳川の直臣でありながら、一万石にも満たない。関ヶ原で神君家康公（しんくんいえやす）に刃向かいながら潰されなかった……お情けの家と外様（とざま）大名を妬（ねた）んでおるのだ」

「当家は譜代大名でございまする」

「そのようなこと、あやつらからすればどうでもいいことなのだ」

言い返した安藤対馬守に、松平定信が首を横に振った。

「あやつらの基準は、どれだけ己らの矜持を認めてくれるかというところにしかない。

そこへ陪臣の娘などという格下を持ち出されて、怒らぬはずはない」

「なんと……」

安藤対馬守が驚いた。

「若年寄の家臣でも……」

「そんなもの、なんになる。そなたが若年寄を辞めればそこまでであろうが」

松平定信が軽く笑った。

「………」

一瞬鼻白んだ安藤対馬守だったが、すぐに気を取りなおした。

「では、あらたに一門の娘を」

「もう遅いわ」

別人を出すと言った安藤対馬守に松平定信があきれた。

「……では、どういたせば」

「そなたも上を目指すならば、頼るだけでなく、己の力でどうにか対処して見せよ」

問うた安藤対馬守に、松平定信が冷たく告げた。

「己の力で……」

　安藤対馬守が思案した。

「あやつが江戸へ着けぬようにいたせば……」

「…………」

　すっと松平定信が背を向けた。

「お、お待ちを」

　あわてて安藤対馬守がすがった。

「一手だけしか打てぬ輩に、執政は務まらぬ。天下の政に携わる者は、二手先、三手先を読むだけでなく、すべての手立てが外されたときのために起死回生の一手も考えておく者である」

「起死回生の一手……」

　松平定信に言われた安藤対馬守が繰り返した。

「典膳正との戦いは、あやつが京へ戻るまでではない。あやつが禁裏付を辞めて江戸へ戻ってくるまでだ。そのときまでに勝てばよい。もちろん、最初の一手で勝利するのが何よりではあるがな」

　そう言い残して松平定信が黒書院溜から出て行った。

「京へ戻る」

すべての妨害を突破したところで、鷹矢は江戸に残ることはできなかった。禁裏付としての役目を終えるにも、一度は京へ戻りあらたに選ばれた禁裏付との間で引き継ぎを行わなければならない。

「……京となれば」

安藤対馬守も黒書院溜を後にした。

昼八つ（午後二時ごろ）には用を終える老中とは違い、若年寄の下城時刻は定められていなかった。それでも老中より先に退勤するのはまずい。

安藤対馬守は松平定信が御用部屋を出たことを確認して、屋敷へと帰った。

「布施を、孫左衛門をこれへ」

屋敷へ帰るなり、安藤対馬守は留守居役布施孫左衛門を呼び出した。

「お召しだそうで」

すぐに布施孫左衛門が顔を出した。

「そなた、娘から連絡は来ておらぬか」

「娘からでございまするか。いえ、なにも」

布施孫左衛門が首を横に振った。

「知っておるのか、そなたの娘が裏切ったことを」

「裏切り……」

いきなり咎められた布施孫左衛門が首をかしげた。

「禁裏付を薬籠中の物とするどころか、逆に取りこまれてしまっておるわ」

「そのようなことは……」

「あるから言っておるのだ」

布施孫左衛門の抗弁を安藤対馬守が潰した。

「…………」

黙って布施孫左衛門が頭を垂れた。

「役に立たぬにもほどがあるわ」

「申しわけもございませぬ」

主君の怒りを家臣は受け止めなければならない。これも奉公であった。

「わかったならば、手を打て」

「手を打てと仰せられましても……娘は京でございまする」

どうしようもないと布施孫左衛門が首を左右に振った。

「動け。楽をしようとするな」

安藤対馬守が布施孫左衛門を叱った。

「動け……京へ行けと」

「そうじゃ。娘のもとへ出向き、説得をして参れ」

「手紙では……」

「甘えるな。そうやって楽をしたからこうなったのだろうが。わかっておるのか、余は越中守さまよりお叱りを受けたのだぞ」

血相を変えた安藤対馬守が布施孫左衛門をにらみつけた。

「老中首座さまよりお怒りを……」

それがなにを意味するかは、藩同士の交流、幕府役人の接待などを担う留守居役ならばわかっている。

若年寄から、京都所司代、あるいは大坂城代を経て老中になることを願っている安藤対馬守に大きな失点がついた。これを挽回しなければ、松平定信が老中首座である限り、安藤対馬守に出世の目はない。たとえ松平定信が失脚したところで、安藤対馬守はその配下とみられているのだ。前任者の色を消したいあらたな権力者にとって、安藤対馬守は邪魔者である。若年寄を続けられれば望外、おそらくわけのわからない理由で罷免させられることになる。

「もし、娘を説得できなかったときは、江戸に帰ってこられると思うな」

「そっ……」

言いかけて布施孫左衛門は安藤対馬守の氷のような眼差しに気づき、息を呑んだ。

「娘が禁裏付を落とせなかったときは」

そこまで言った安藤対馬守が、懐刀の柄を小さく叩いた。

「ひい」

その意味するところを悟った布施孫左衛門が悲鳴を漏らした。

二

箱根の下りは異変なくすんだ。

「無事に降りられたな」

小田原宿場で鷹矢が安堵の息を吐いた。

「まことに」

ずっと気を張っていた檜川が、ほっとした。

「…………」

「どういたしたのか」

黙っている土岐に鷹矢が問うた。

「もっとも有利なところで襲ってきまへんでした」

「ああ」

土岐の言葉に鷹矢が同意した。

「ひょっとしたら、敵はんの数は少ないのと違いまっか」

「越中守は老中首座だ。越中守がささやけば、喜んで皆従うはずだ。それこそ、大久保家が宿検めをしてくるかも知れぬ」

宿検めとは、手配書きの出ている下手人、上意討ちの対象、凶悪な盗賊などが、城下へ入ったのではないかというときにおこなわれる。

町奉行とその配下、横目付、足軽目付などが城下の旅籠、木賃宿などの宿泊客を調べ、怪しいとなれば捕縛する。抵抗すれば、その場で討ち果たすときもあった。

「宿検めをしてくると」

気を抜きかけていた檜川が、背筋を伸ばした。

「ない」

「おまへん」

鷹矢と土岐がそろって否定した。

「吾のことは箱根関所から小田原城へ報されておろう。禁裏付が上様のお召しで江戸へ向かっているとな。つまり、吾の行動を邪魔することは、上様のお召しに難をつけるも同然。もし、吾が上様にお目通りを願ったとき、小田原で宿検めに遭い、手間取りましたなどと申し上げたら、どうなる」

「大久保はんの首は飛ばんでも、お叱りくらいは喰らいますわな」

鷹矢の質問に答えたのは、土岐であった。

「なるほど」

檜川が首肯した。

「とはいえ、小田原藩の手出しはないが、他はわからぬ」

油断はできないと鷹矢が告げた。

「まあ、ここで襲われることはおまへんやろ」

土岐が手を振った。

「なぜだ」

鷹矢が怪訝(けげん)な顔をした。

「ここ何代か、大久保はんから執政衆は出てはりまへんやろ」

「当代の大久保加賀守(かがのかみ)どのが、官職につかれていないのは知っておるが、それ以前となると……」

訊かれた鷹矢が困惑した。

「あきまへんなあ。執政に近い家柄くらいはちゃんと調べとかんと、出世できまへんで」

土岐があきれた。

「調べているのか」

思わず鷹矢が身を乗り出した。

「当たり前でんがな。朝廷は武家に気を許してまへん。いつ刀を抜いて襲いかかってくるかと警戒してますねん。当然、幕府の意向を決める老中について、どんな人物か知っておかなあきまへんやろ。もちろん、今の老中はんも大事ですけどなあ、次になる人こそ怖い。どのような人かわかってまへんよってな。それでは困ることになります」

土岐が語った。

「むう」

「なに唸ってはりますねん。典膳正はんも気遣わな。次にえらくなる人をさっさと見極めて、盆暮れの贈りものから始めて付き合いをせんと」

「なにを言うか」

諭された鷹矢がため息を吐いた。

「千石ですやろ。千石ちゅうたらお旗本でもお歴々でっせ。目付や遠国奉行に手の届くところまで典膳正はんは来てはる。このまま禁裏付を続ける、辞めるのどちらにせよ、次にお役に就くとなればええとこになるはずです。そうなれば一千五百石、二千石もあり得る。まあ、わたいとしたら、扱いやすいお方でっさかいな、京都町奉行になってもらえれば、うれしんでっけど」

「扱いやすいはないだろう」

鷹矢が苦笑した。

「土岐どの」

主君を嘲弄（ちょうろう）された檜川が目つきを変えた。

「冗談でんがな。本気で怒りなはんな」

土岐が手を振った。

「しかし、次の目に向けるのも旗本としてのお仕事でっせ。なんもせんと先祖代々の禄（ろく）だけもらって無為徒食は楽でよろしいやろうけど、いずれ、そんな甘い世は終わりま。そのときになって慌てては遅い」

真剣な表情で土岐が続けた。

「もちろん、甘い世間が終わるのは今やおまへん。もうちいと先ですやろ。そのとき、典膳正はんの子供はんか、孫はんが、その新しい流れについていけますやろうか。上を目指す親の背中を見て育った者（もん）となんもせんと一日無為に過ごす父親を見て育った息子、どっちが生き残りますやろうか」

「…………」

鷹矢が沈黙した。

「出世するのがすべて正しいとは言いまへんけどなあ。そのための努力を放棄したらあきまへんで」

土岐の説教が終わった。

「……上をか」

難しい顔で鷹矢がつぶやいた。

「ああ、そうやったわ。典膳正はんには怖い女が二人もついてましたなあ。心配せんでもよかった、しっかり尻叩いてくれまっせ」

土岐が歯を見せて笑った。

「むっ」

鷹矢が口を結んだ。

「で、どっちにしまんねん」

「……なにがだ」

「わかってて、とぼける。それやってかわいいのは、女だけでっせ。男はやるといらつきまっせ」

　ゆっくり土岐が首を横に振った。

「………」

「決められまへんか。まあ、無理はおまへんわな。南条（なんじょう）の姫さん、布施はんともにええ女でっさかいなあ。そうや、両方とももろうたらどないです」

「無茶をいうな」

「一人正室、もう一人側室で」

「区別をつけられるか」

　鷹矢が怒った。

「区別でっか。それでも考えたらな。南条の姫はんは困りまっせ。なんせ、実家がない」

「それはっ」

　朝廷からあらたな禁裏付への紐（ひも）として送りこまれた南条温子（あつこ）だったが、その功績で蔵人に出世した父が失敗してしまったことで取り潰しの羽目に遭っていた。

「そういえば、布施はんは老中はんの手の者でしたなあ。あのお方ももう実家には帰れまへん」

思い出したとばかりに、土岐が付け加えた。

「うっ」

鷹矢が詰まった。

「典膳正はん、責任は取らなあきまへんで」

真剣な声音で土岐が言った。

御三卿（ごさんきょう）の当主は、毎朝将軍のご機嫌伺いをする。明文化された決まりではないが、もともと九代将軍家重（いえしげ）、十代将軍家治（いえはる）の弟を祖とする御三卿は、独立した大名としてではなく、お身内衆として扱われたことによる。

「おはようございまする。上様におかれましては、ご機嫌麗（うるわ）しくお慶（よろこ）び申しあげまする」

「うむ。民部卿も息災のようでなによりじゃ」

じつの親子とはいえ、徳川民部卿治済（はるさだ）は臣下になる。十一代将軍家斉（いえなり）が上座にあって、鷹揚（おうよう）な態度で接するのも当然であった。

「一同、遠慮せい」

家斉が他人払いを命じた。

「はっ」

将軍家御休息の間に控えていた小姓、小納戸が頭を下げて従った。

「そなたもじゃ」

家斉が、唯一残っていた太刀持ちの小姓にも命じた。

「お言葉ではございまするが……」

将軍最後の盾が太刀持ちの小姓である。太刀持ちの小姓は、いざというとき将軍に太刀を渡すだけでなく、それを抜いて構えるまでの間を稼ぐため、身体を張って守るのが役目なのだ。当たり前のことながら、将軍が大奥へ入るとき以外離れないため、政にかんする秘事も耳にする。それを他言しないのは当然のことであった。

「いや、離れておけ。そなたを巻きこむわけにはいかぬでの」

かなりの密事だと言外に知らせ、太刀持ちのことを家斉が気遣った。

「上様……」

太刀持ちが感激した。

「なれば、よりお側を離れるわけには参りませぬ」

家斉の指図に従えば、我が身かわいさに逃げたと取られる。太刀持ちの小姓は覚悟を決めた顔つきで宣した。

「上様、見事なる忠義の者と存じまする。お認めになられてはいかがでございましょうや」

一橋治済が助け船を出した。

「卿がそう言うなれば」

うなずいた家斉が、太刀持ちの小姓の同席を認めた。

「では、早速じゃが、どうなっておるかの」

家斉が一橋治済に訊いた。

「上様は、禁裏付に加増のお話をご存じでございますか」

「……加増。知らぬの」

家斉が首をかしげた。

旗本でも大名でも加増や、減禄(げんろく)は将軍の許可が要(い)る。とはいえ少々のものならば、一々将軍がそれを審査するわけではなく、老中に一任されているのが現状であった。

「白河(しらかわ)か」

「それを理由に、禁裏付を江戸へ呼び戻したようでございまする」

苦い顔をした家斉に一橋治済が述べた。

「裏があるな」

「ございましょう。禁裏付は朝廷の闇を片付け、かかわっていた女を手にしたと申しますから、それを奪い取りたいのでは」

「闇では手柄にできまい」

家斉が加増は難しいだろうと言った。

「そのあたりは、精勤につきでいけましょう。どうせ、千石の旗本の加増でございまする。せいぜい百石から二百石」

「なるほどの。それくらいならば、気にする者もおらぬか」

一橋治済の説明に家斉が納得した。

「躬が出てくれようか」

家斉が小さく口の端をつり上げた。

「それは喜びましょう、禁裏付も」

一橋治済も笑った。

旗本へ数百石ていどの加増など、若年寄が将軍の代理で伝えるのがほとんどである。

「いつになるかを」

「調べておきましょう」

一橋治済が首肯した。

「そろそろかの」

家斉が雰囲気を変えた。

「よろしいかと」

やはり表情を引き締めた一橋治済が同意した。

「躬を暗愚と侮りおるからの」

「年若の上様に辛抱できないのでしょう。それさえできぬあやつこそ、子供なのでございますが」

一橋治済が嘲笑を浮かべた。

「まだ忘れられないのだろうよ。将軍親政をして、あっぱれ八代将軍の孫と褒め称えられたい……」

「それが子供なのでございまする。幕府の政を変える。これは必須でございましょう。

ただし、憧れている祖父のまねをするのではなく、今の世に合わせたものをすべきではないかと愚考つかまつりまする」

松平定信を嘲弄する家斉に、一橋治済が述べた。

「今の世に倹約など誰がするものか。人は一度覚えた楽を忘れられぬ。田沼主殿頭の緩んだ世を知る者が、一汁一菜、木綿もので辛抱できるわけない」

家斉が首を横に振った。

「そろそろ窮屈さに民どもの怨嗟が目立ってきている」

「お庭番でございますな」

一橋治済がうなずいた。

将軍直属の隠密であるお庭番には、主として三つの役目があった。

一つは、将軍の陰警固、二つ目は薩摩や上杉などの外様大名の動静を見張る遠国御用、そして三つ目が将軍のお膝元である江戸の城下を見て回る江戸地回り御用である。

この江戸地回り御用は、お庭番が武士、商人、職人などに扮して、城下を巡り、民の生活、不満などを調べ、将軍へ報告した。この報告をもとに将軍は、政を進める。

「倹約令のために、絹物、小間物、飾り物などが売れず、それを作る職人、売り買いする商人が困窮している。また、これらを身につけることで他人に自慢したい女どもが不満を抱いている。知っておるか、城下に流行っている狂歌を」

「白河の清きに魚棲みかねて、濁りし田沼ぞ今は恋しきでございましたか」

問われた一橋治済が答えた。

「さすがは民部卿よ。よく、世間を見ておる」

満足そうに家斉が父を褒めた。

「畏れ入りまする」

褒められた一橋治済が頭を垂れた。

「では……」

頭を上げた一橋治済が窺うような目をした。

「もうよかろう。十分に楽しんだであろうからの。老中首座が幕府でもっとも偉いのではないということを思い出させてくれよう」

家斉が嗤った。

「……ひっ」

太刀持ちの小姓が話の重さに耐えかねて、声を漏らした。

「………」

その太刀持ちを家斉と一橋治済が無言で見つめた。

三

用意周到でなければ、執政でいられない。

いや、田安(たやす)家にいたころ、もっと気を遣っていれば白河藩へ養子にだされずともすんだ。

御三卿を追い出されたとき、松平定信はいかに己が思い上がっていたか、油断していたかを思い知った。

十代将軍家治の嫡子家基(いえもと)が急死、跡継ぎが空席になったときから、己こそ十一代将軍にふさわしい、八代将軍吉宗(よしむね)の幕政改革を完成させられるのは己しかいないと思いこんでいたし、公言もしていた。

「主殿頭の政は、汚れている。余が将軍となったあかつきには、さっさと罷免し、あの者が推進してきた政はすべて廃止する」

まだ田安家の部屋住みだったときから、松平定信はときの権力者田沼主殿頭意次（おきつぐ）に反発していた。

「白河より血筋を養子にいただきたいと願いが出ておっての。誰がよいかと考えたところ、主殿頭が聡明なそなたがよかろうと申したのでの」

ある日、将軍御休息の間へ呼び出された田安賢丸（まさまる）、後の松平定信はそう告げられた。

「何卒（なにとぞ）、お考えなおしを」

付き添っていた田安家当主で賢丸の兄治察（はるさと）が願いもむなしく、

「これはすでに決まったことである」

家治から命じられて、養子は決まった。

「あのとき、主殿頭は嗤っておった」

御休息の間下段襖（ふすま）際右で田沼意次が、その様子を口の端をゆがめながら見ていたのを、松平定信は忘れていなかった。

「主殿頭へはやり返してくれたが」

将軍家治の絶大なる信頼を背景に、欲しいがままに振る舞っていた田沼意次である。

庇護（ひご）者を失えば、没落するしかなくなる。

田沼意次の専横を御三家や井伊家、酒井家などの譜代名門は嫌っていた。今や大老格として頭を下げなければならないが、大元は紀州藩の小者で吉宗の江戸城入りに付いてきて、小旗本になれた直臣とも言えぬ出でしかない。

そういった名門と組んだ松平定信は、家治の病状が悪くなるのを見て動き、家治の死を機に田沼意次を排除した。

「専横を咎める」

家治がいなくなれば、誰も田沼意次を助けてくれない。田沼意次は執政を罷免されただけでなく謹慎を命じられ、相良七万石も五万石に減らされ、さらに奥州陸奥一万石へと減封された。

代わって幕政の覇者となったのが、松平定信である。

「乱れた世を立て直す」

松平定信は寛政の改革をおこなった。

といったところで、結局は倹約しかできなかった。

田沼意次が増収を図ることで幕府の財政を好転させようとしていただけに、それと真逆の政策をとらなければならないというのもあった。同じようなことをしては、田沼意次の排除は私怨と取られる。幕府のために田沼意次を排除したのだとの大義名分を手にするには、収入を増やすのではなく、支出を減らすしかない。

それに無理が来ていた。

「やりすぎたか」

松平定信は愚かではない。しっかり民がどのように政を評価しているかも知っている。

「しかし、田沼の色を払拭せねばならぬ」

田沼意次の失策は賄賂で人を引き上げたことにある。馬鹿では将軍から政を委任されることはなく、相応の知識と能力があったからこそ六百石の旗本から七万石の大名にまで出世したのだ。その田沼意次が無能あるいは愚かとわかっていて、金をくれた者を奉行にしたり、若年寄にしたりした。

無能が幕政にはびこれば、どうやっても政は失敗する。事実田沼意次が増収の切り札としておこなった印旛沼の開拓は十万両以上の金を投じながらも失敗した。

当たり前である。現場にいる者、それをまとめる者が賄賂で出世した者ばかりなのだ。使った賄賂以上の儲けを取ろうとして、金やものを中抜きしたり、人足の数を水増したりしてはなるものもならない。

「自業自得ではあるが……」

たしかにすべての責任はそんな碌でもない連中から金をもらって優遇した田沼意次にある。しかし、すべてというわけではない。役職に就きたいと思っていた連中も、願いが叶ったのだから少しはまともに働くべきだからであった。

「金さえあればなんでもできるというのはまずい」

松平定信は賄賂の悪影響、その真実を理解していた。

「武家と金は相性が悪い」

武士は食わねど高楊枝ではないが、武家は金に固執しない。

「卑しいやつじゃ」

「まるで商人のようではないか」

かつて武家が花形であった戦国のころ、明日はどうなるかわからなかった。戦場で討たれるかも知れない、病で命を失うかも知れない。それが当たり前であった。

そのせいか、武士は金を貯めなかった。貯めても死んでしまえば、それまでだと考えていたからである。

その風習が乱世を終えて二百年近い今も生きている。

「金は民のほうが、とくに商人が持っている」

泰平になると戦国のように手塩にかけたものを奪われることもなくなる。当然、生産性はあがり、それを世に売りさばくため商業が活発になる。

ところが武士は収入の変化がなかった。先祖代々受け継いできた禄だけで生きていくのが武士であり、商売や田畑を耕すなどはしない。

となれば、自然と金の流れは民へと向かう。

もちろん、民でも自前の田を持たない水飲み百姓やその日暮らしの人足などは貧しく、高禄を得ている武士は裕福であるが、基本として金は民の間で回る。

「お貸ししてあるお金ですが……」

金の足りなくなった武士は裕福な商人から借財をする。

「お姫さまをお預けいただければ……」

やがて商人の無理は高じていく。

実際、西国で数万石ていどの外様大名のなかには、借財が膨らみすぎて、姫の婿に商人を迎え、藩の勘定方にしている家もある。

さすがに徳川一門に商人がなることはないが、家康以来営々と築いてきた武士の世が崩れる端緒となりかねない。

「身分が崩れる」

徳川家の一門という矜持が松平定信のなかにはある。

「なんとしても、武士を立ち直らせねばならぬ」

もともと武士は質素な生活をする者であった。一汁一菜どころか、白米と漬物だけが当たり前で、冬でも綿入れなどは身につけず、遊興に浸らず武芸を磨き、戦場で活躍することがなによりの名誉であった。

だからこそ、民の尊敬も受けた。

しかし、今の武士は、民から侮られる一方であった。

「そのためには、余が引き締めなければならぬ。上様、豊千代(とよちよ)にはできぬ」

松平定信が家斉を幼名で呼んだ。

「失策はないはず」

すでに家斉が己の梯子(はしご)を外しにかかっていると気づいていた。

「余が政から離れれば、武士は終わるとなぜ気づかぬ。愚物は黙ってうなずいていればいい。そうすれば後世名君と呼ばれるものを」

松平定信が家斉を罵った。

「とにかく、追い落としの理由を作らぬことだ。それには……」

険しい目で松平定信が西をにらんだ。

「……誰ぞ、おらぬか」

しばらくにらんだ松平定信が表情を平静に戻して、声をあげた。

小田原城の御用部屋で家老たちが顔を見合わせていた。

「よろしいのか、ご城代」

国家老が城代家老に厳しい声をかけた。

「…………」

「当家が執政になれる好機でございますぞ」

無言の城代家老に国家老が続けた。

「代々大久保家は老中となるのが決まりでございました。それが、ここ何代も執政の座に就かれた方はおられませぬ。たしかにお身体がご丈夫でなく、執政の役目に耐えかねるお方もおられましたが、ご当代さまは……」

「藩を潰す気か」

ようやく初老の城代家老が口を開いた。

「なにを言われる。老中になられれば、殿のご名誉になりこそすれ、藩が潰れるなどあり得ませぬ」

「藩庫を見てもそれが言えるか」

「………」

城代家老から指摘されて、今度は国家老が沈黙した。

小田原藩は宝永四年（一七〇七）に噴火した富士山の火山灰で藩領のほとんどが被害を受けた。そのときの当主大久保加賀守忠増が老中であったことも災いした。藩主が国元で陣頭指揮が執れなかったことで、領内の復興に手間取り、火山灰の撤去が遅れ、何年もの凶作が続いた。なんとか幕府から見舞金をもらったが、火山灰によって一部の川が堰き止められたり、大雨でそれが決壊したりと災害に見舞われ続けた。

凶作によって収入が減り、復興に金が出ていく。東海道指折りの宿場として反映している小田原といえども、これには耐えきれず、家宝であった正宗の太刀を売り払うところまで財政は逼迫した。

あれから八十年余り経過しているが、いまだ災害の爪痕は領内に残っている。

そんなところに藩主が老中となるなど、病身にむち打つに等しい。

城代家老は、首を横に振った。

「ですが、老中首座さまのお指図でございますぞ。それも宿検めをして、旗本一行がおれば、数日足止めをさせ、早馬で越中守さまにお報せするだけ。当方にはなんの損もございませぬ」

国家老が粘った。

「そのていどで執政になれるわけなかろうが。この話には裏がある。殿が老中になってみたいとお考えならばまだしも、当家の財政を好転させるが先とお考えである」

「いえ、殿もきっと老中になられたいとお思いのはず。当家の家職でございますれば」

城代家老の説得にも国家老は応じなかった。

「……はあ」

大きく城代家老がため息を吐いた。

「そなた、少し休め」

「なにを」

言われた国家老が驚いた。

「たしかに大久保家は二代将軍秀忠さまの御世以来、老中を輩出してきた。だが、その結果が、今の姿である。老中というのは金がかかる。ものの値段が高い江戸へ在府せねばならぬのだ。しかも殿だけとはいかぬ。執政としてのお役目の手伝いをする者も江戸へ送らねばならぬ。これが九州だとか上方とかであれば、参勤交代の費用よりも安くすむからありがたいが、当家のように江戸まで三日もかからぬとなれば、差し引きかなりの出費になる。まだ借財が残っている当家にとって、これはつらい」

「老中になればご加増も……」

「あるわけなかろう。あれは老中をするには、家禄が不足している場合じゃ。当家は十万石をいただいておる。加増などされるか。それに長く御上にお預けしていた足柄上、足柄下など六万石弱を返していただいたのだぞ」

あまりに宝永の富士噴火による影響が強く、小田原藩だけではどうしようもなかったため、とくに被害の強かった御殿場付近の百七十九村を幕府へ返上するという形で復興を肩代わりしてもらっていた。それが三十五年ぶりに返還された。もちろん、譜代名門の特権として、その間代替え地を与えられてはいたが、遠隔地であったこともあり、治世に苦労している。

「復興の金を御上に肩代わりしてもらったうえ、加増をしてくれ。それをそなたは殿に上様へ言上させるつもりか」

「…………」

城代家老に叱られた国家老が口をつぐんだ。

「のう、少しは考えよ。越中守さまの仰せ通りにしたところで、殿はご老中にはなれぬぞ」

「なぜでございまする」

「殿は無役であられる。老中になるだけの経歴がない」

「あっ……」

言われた国家老が声を漏らした。

老中になるには慣例ではあるが、順序があった。幕府の初期には奏者番という初任役から老中に任じられた者もいたが、今では最低でも若年寄、できれば大坂城代、京都所司代を経験していなければならなくなっている。

例外を作ることはできるが、一度でも無役から老中をやってしまうとそれが前例になる。

「越中守さまも老中にいきなり就かれたはずでございまする」

国家老が思い出した。

「たしかに越中守さまはいきなり老中首座となられた」

城代家老が認めた。

「されど越中守さまは格が違う。白河松平の藩主ではあるが、八代将軍のお孫さまであるぞ。そのようなお方に他の役目をさせられるか」

「ですが、前例には違いございませぬ」

「それを前例にするのはいい。ただし、将軍家の直系に限るという条件がつくがな」

城代家老が続けた。

「そもそも将軍の一門が執政の座にあることは許されていなかった。唯一の前例が会津の保科肥後守(ほしなひごのかみ)さまであろう。あのお方は三代将軍家光(いえみつ)公の異母弟であった。ただし、それを認められず、終生臣下のままであられた。そして肥後守さまは老中にはなられなかった。家光公のご遺言で四代将軍家綱公の補佐として大政委任という常設の役目でもないものに就かれただけ」

「それがなんだと」

国家老がわけがわからないという顔をした。

「これだけ言ってもわからぬか」

逆に城代家老が落ちこんだ。

「おぬしに国老の地位は早すぎたかも知れぬな」

「いかにご城代さまといえども、過ぎておりますぞ」

何度目かのため息を喰らった国家老が怒った。

「言葉の裏を探れ。それができてこその執政である」

城代家老が国家老をにらみつけた。

「………」

「まだわからぬか。よいか、保科肥後守さまは老中になられなかった。家綱さまの傅育の一つとして大政委任をなされただけだ。それに比して越中守さまは老中になられた。この差を見よ」

「大政委任と老中首座、どちらも政の頂点でございましょう」

「やはりわかっておらぬの」

今までもっとも大きな吐息を城代家老がした。

「老中は臣下でなければ就けぬ。一門は許されぬ。それを越中守さまは破られた。わかるか。それを御上は認めた。つまり、越中守さまは一門ではないと御上が宣言なされたのだ」

「そんなっ」

城代家老の解説に国家老が叫んだ。

「頭を冷やせ。御上から直接命じられたわけではない。宿検めなどして、禁裏付を怒らせるほうがまずい」

「ですが、それでは越中守さまの……」

「宿検めでは見つかりませんでしたでよかろう。箱根の関所を通過した日だけ報せれば、お咎めもあるまい。越中守さまからの書状だけぞ。それも……」

城代家老が書状を開いた。

「花押がない。つまり後で苦情を申し立てたところで、偽物じゃで逃げられる」

「………」

がくっと国家老が頭を垂れた。

「理解できたようじゃの。では、屋敷に帰り、おとなしくしておれ」

手を振って城代家老が国家老を追い出した。

「将軍家と老中首座さまの争いに巻きこまれてはたまらぬわ。触らぬ神に祟りなしじゃ。今の大久保家には、葉が揺れるほどの風でさえ、止めとなりかねぬ」

大久保家は最近執政を出していないとはいえ、譜代でももっとも一門が多いとされる名門中の名門である。城中の状況を知ることは容易であった。

「馬鹿をせねばよいが……」

城代家老が案じながら書状を手あぶりのなかへ突っこんだ。

四

宿の早発ちは暁七つ（午前四時ごろ）と決まっている。それ以上早くに客を出立させることを宿屋は嫌がった。

それほど急ぐのであれば、宿に泊まらず、夜道を駆けたほうが早い。それをせず、一夜過ごしてからの早立ちは、なにか朝まで待つとまずいことがあると言っているのも同然なのだ。

城下で盗みを働いたとか、宿屋の調度品に傷を付けたとか、宿屋の対応が気に入らないから嫌がらせに畳の下へ用便をしたとか、碌なことがない。

「早発ちいたす」

それを防ぎながら、夜明け前に宿屋を出るには、あらかじめ言付けておくべきであった。

「弁当を朝、昼の二回分頼む」

すでに鷹矢はそう宿に頼んでいた。

さすがに早発ちすると言いながら、朝食を用意せよというのは、常識を外れている。旗本の権威と金を渡せば、できないわけではないが、確実に嫌われる。今後も京への帰りなどで小田原の宿場を使うとわかっているだけに、悪評は避けたかった。

「すまぬの。無理を言った」

まだ夜の明けきらない七つ半（午前五時ごろ）、弁当を受け取った鷹矢たちは、宿に礼を述べて出た。

「わたくしがお預かりを」

宿が小者と思いこんでいる土岐に弁当をすべて持たせたのを、檜川が受け取ろうとした。

「いや、それぞれが持つとしよう。もし、なにかあって離れたとしても、二食分あればどうにでもなる。一応、万一の場合の待ち合わせ場所を決めておこう。十里（約四十キロメートル）を少しこえるが、今からなら届こう。藤沢の宿場の小田原側入り口付近とする」

「藤沢宿でございますな」

「よろしいで」

二人が同意した。

家士で警固役でもある檜川が、ばらばらになることを否定しなかったのは、己が防いでいる間に、鷹矢を逃がすためである。同行にこだわるとかえって困ることが出てくると、檜川は学んでいた。

「では、暗い間は足下に注意して、慎重に参ろうぞ」

鷹矢が出発だと宣した。

「ほな、ごめんやす」

すっと土岐が先頭に立った。

「頼む」

目敏（めざと）い土岐を前に、後ろに鷹矢が続き、背後を武に優れた檜川が守る。これが三人が街道を進むときの陣形であった。

小田原の宿場は家数三千、宿屋百軒、人口五千を誇る。宿を出て宿場の外れまで行くだけでちょっとした距離になる。かといって、夜が明けるほどではなかった。

「大灯籠でっせ」

前方の灯りを土岐が指さした。

「人がいてまんなあ」

土岐が嗤った。

「待ち伏せか」

「でしゃろ。でなければ、こんな朝とも言えん夜に宿場の出入りを見張ることはおまへんで」

確かめる鷹矢に土岐が苦笑した。

「どこの者かだな」

「小田原に決まってますがな。いくら小田原藩がのんびりしてるというたところで、宿場の出入り口にどこの武士かわからんのがたむろしてたら、町奉行所が誰何の一つもしますやろ」

「たしかにそうだな」

鷹矢が納得した。

「後ろは任せるぞ、檜川」

「ご懸念なく」

檜川が胸を張った。

「先制しまひょか」

おもしろそうに土岐が言った。

「好きにしていいぞ」

鷹矢も笑いを含んだ声で認めた。

「ほな」

わざとひょうげた土岐が、こちらを認めて近づきあった武士たちへ向き直った。

「胡乱なりし者どもめ。御所仕丁たる余の前を遮るか」

とても痩身から出たとは思えない重みのある声で、土岐が誰何した。

「えっ」

「御所仕丁」

武士たちの足が止まった。

「何者か。名を名乗れ。麿は従八位下山城目　橘　土岐である」

土岐が名乗りを上げた。

「おい、どうする」

「殿のご命ぞ」

「しかし、朝廷のお方をないがしろにはできぬぞ」

武士たちが顔を見合わせた。

「名乗らぬのか。いや、名乗れぬのじゃな。まさに野盗の類いである。天下の安寧を望む朝廷の者として、見過ごせぬ。一同、神妙にいたせ」

土岐がますます図に乗った。

「……誰も見ておらぬ。片付けてしまえばいい」

誰かが辺りを見回して言った。

「だが、旗本はまずいぞ。あとで問題になる」

「夜中にこそこそと宿場を出るような者だ。旗本とは思えなくてもいたしかたあるまい」

最初にやってしまえと言った武士が気を逸(はや)らせた。

「むうう」

もう一人の武士が唸った。

「佐久間(さくま)の言い分にも一理はあるが……」

最後の一人の武士が傾いた。

「よい加減にいたせ。麿の行方(ゆくえ)を遮ることは、朝廷に刃向かうことであるぞ。そなたらの主家にも咎めは及ぶと知れ」

土岐が押し被せるように告げた。

「主家へ……」

「殿に咎めだと……」

佐久間ともう一人乗り気になりかけていた武士が、土岐の一言で激した。

「あちゃ、やりすぎたわ」

おどけるように土岐が手で顔を覆った。

「檜川」

「はっ」

刀に雨水がしみこむより命が大事である。二人とも柄袋はしていない。すぐに鯉口を切り、いつでも太刀を抜き放てるように準備した。

「わあああ」

佐久間が太刀を振りかぶって斬りかかってきた。

「ほいっ」

懐から拳ほどの石を取り出した土岐が投げつけた。

暗いなかで投げられた石を避けることは難しい。ましてや、思わぬ経緯に血が昇った佐久間には、石を見ることさえできなかった。

「ぐひゃっ」

両手を振りかぶったことで、がら空きになった胸に石が当たった。薄い割に硬い胸の骨が砕け、佐久間が絶叫した。

「うわっ」

驚いたもう一人がたたらを踏んだが、それを檜川は許さなかった。

「……はっ」

一拍の気合いとともに檜川が太刀を抜き放ち切りあげた。

「……えっ」

音を立てて目の前に太刀が落ちた。もう一人の武士が啞然(あぜん)とした。

「住吉(すみよし)、手、手……」

一人動かなかった武士が、啞然としている武士に言葉をかけた。

「へっ……うわああ」

言われて右手を見た住吉と言われた武士が、吹き出す血に驚愕(きょうがく)した。

「おい」

のたうち回る二人を放置して、鷹矢が残っていた一人に呼びかけた。

「旗本禁裏付東城典膳正である。どうするか。吾と朝廷の使者どのを無法と訴えるならば主家の名前を出さねばならぬぞ。そのときは評定所(ひょうじょうしょ)で争うことになる。それともこの二人を浪人あるいは野盗とするか。どうする」

「………」

鷹矢に迫られた武士が困惑からか、それとも主家に迷惑がかかると思ったのか、沈黙した。

「手当をせねば、二人とも死ぬぞ」

「あっ……」

ようやくそのことに思い至ったのか、武士が同僚へと目をやった。

「通ってよいな」

「………」

許可を出すというか、認めるわけにはいかないのか、無言で武士が身体を街道の端へと寄せた。

「殿」

太刀を構え、横へ動いた武士を警戒しながら、檜川が促した。

「うむ」

鷹矢がすばやく通り過ぎた。

「土岐どの」

「わたいは最後でええ。典膳正はんのもとへ」

「……………」

土岐に言われた檜川が切っ先を武士に向けたまま続いた。

「さて……」

黙ったまま目をそらしている武士に土岐が顔を向けた。

「おまはんらの主に言うとき。越中守は落ちるとな」

「なにをっ」

驚いた武士が思わず、土岐と目を合わせてしまった。

「越中守は主上はんのお怒りを買ったんや。この日の本に、主上はんから嫌われた者の居場所はない。それに付き合おうちゅうねんやったら、別にかまへんけどな」

「ひっ」

にやりと口の端をつり上げた土岐に、武士が慄いた。

「……ああ、待たせてすんまへん」

すっと嗤いを消した土岐が、宿場を出たところで待っている鷹矢たちのもとへ小走りで近づいた。

「数が少なかったな」

わずか三人しかいなかったことに鷹矢が首をかしげた。

「大久保家にも馬鹿はいてるちゅうことですなあ」

土岐がのんびりと答えた。

「なるほどな」

鷹矢が小さく笑った。

一人残された武士は、同僚を助けるにも人手が足りないと主のもとへ向かおうとした。

「待て」

数間（すうけん）（約五メートル）もいかないうちに、初老の武士が現れた。

「ご城代家老さま」

武士が息を呑んだ。

「危惧（きぐ）していたとおりになったな」

城代家老が嘆息した。

「おい」

「はっ」

連れてきていた家臣に城代家老が合図をした。

うなずいた家臣たちが、武士に駆け寄り拘束した。

「なにをなさいまするか」

武士が抵抗しようとしたが、両手を逆ねじにされてはどうしようもなかった。

「越中守さまに巻きこまれるわけにはいかぬ。そうあやつには言い聞かせたのだがの」

「どういう意味でございましょう」

武士が腕の痛みに耐えながら尋ねた。

「そなたごときが知らずともよい。これは藩の執政だけが知っておればよいこと」

城代家老が言いながら手を振った。

「………」

待機していた別の家臣が、倒れている佐久間たちに止めを刺した。

「かっ」

どちらも痛みと血の気を失ったことで気を失っており、末期（まつご）は小さな吐息のような苦鳴（くめい）であった。

「なんということを……」

「お旗本と朝廷の使者を襲ったのだ。御上から当家にお調べが入ったとき、生きていてはなにを言うかわかるまい」

目の前で起こったことに呆然（ぼうぜん）とした武士に、城代家老が答えた。

「まだ助かったはず……」

武士が城代家老を責めた。

「他人のことを考えている余裕はないぞ」

冷たい声で城代家老に言われた武士が顔色を失った。

「ま、まさか……」

「せめて苦しまぬようにしてくれる」

城代家老が半歩下がり、先ほど二人に止めを刺した家臣を手で招いた。

「我らはお指図に従っただけでござる」

責任はないと武士が抗弁した。

「安心せい。おまえたちの後をあやつにも追わせる」

「……ああ」

その意味を武士が悟った。

「心配はするな。あやつは罰を受けさせるが、家は潰さぬ。そなたの家もそのまま続く。子がいるならば子が、いなくば兄弟、あるいは従兄弟などがな」

侍は家を受け継ぐことが義務である。城代家老が武士を慰めた。

「なにがいけなかったのでしょうや」

武士が顔をあげて訊いた。

「わからぬ。越中守さまか、上様か、それとも儂か。いや、世のなかか」

城代家老が続けた。

「もし、富士の山が噴火せねば、小田原は裕福であり、代々の殿もご老中をお務めになられていたであろう。さすれば、あやつも越中守さまの甘言に乗りなどしなかったやもの。だが、すべては繰り言じゃ。富士の山の噴火は人の力でどうにかなるものではない。つまりは。つまりは……」

「つまりは……」

問うような武士に、城代家老がため息を吐いた。

「天の仕組み」

小田原をようやっと離れられた鷹矢たちは、所定の陣形に戻って街道を急いでいた。

「この後はどう思う」

夜が明けたところで、一つ目の弁当を喰うことにし、庚申塚（こうしんづか）のお堂で足を止めた。

「当分おまへんやろ」

土岐が握り飯に味噌を塗って焼いたものにかぶりつきながら答えた。

「どうしてそう思う」

「……越中守はんは、そこまで馬鹿やおまへん。やってることがええとは言えんとわかってはりますやろうし」

竹筒の水で握り飯を流しこんだ土岐が述べた。

「あちこちに声をかけたら、どっかから話は漏れますよってなあ。これやと思う相手一本に絞るべきや」

土岐が二個目の握り飯に手を伸ばした。

「……そうだな」

　鷹矢もうなずいた。

「ただ……」

　言いかけた土岐が喉を詰めた。

「けほっ……」

　胸を叩いて土岐が引っかかった握り飯を胃に落とした。

「死ぬかと思うた。まあ、飯を喉につけての死は幸せですけどなあ。腹空いたままの末期は哀れすぎますし」

　もう一度竹筒の水を土岐が口に含んだ。

「まあ、典膳正はんは、もっと幸せな死にかたがおますわな」

「幸せな死にかたなんぞあるのか」

　握り飯から口を離して、鷹矢が問うた。

「おまんがな。好きな女子の上で……」

　げへへと卑しい嗤いを土岐が浮かべた。

「…………」

あきれた鷹矢が握り飯に嚙みついた。

「ふぇふぇ」

妖怪のような声で土岐が笑った。

「これで終わりというのは、甘いか」

握り飯を喰い終わった鷹矢が手に付いた飯粒を口に運びながら苦笑した。

「そんなわけないとわかってはりますやろ」

土岐が鼻で笑った。

「これからが本番かと」

檜川も首を横に振った。

「次の泊まりは藤沢だが……藤沢は幕府領だ」

藤沢宿場は長く将軍が宿泊する御殿が置かれていた経緯もあり、幕府道中奉行の管轄である。

「手出しはしてきまへんやろ。幕府の宿場で旗本が襲われる。そんなことがあったら、道中奉行はんの責任になりますで」

「それが怖いな」

手を振った土岐に鷹矢がため息を吐いた。

「なんぞおますんか」

「道中奉行はな、廃止にはなっていないが兼任に落ちている」

兼任とは、一人専用で就けなければならないほどのものではないという意味でもあり、どうしても手抜きになる。

「なるほど。街道筋は落ち着いたと」

土岐が納得した。

「それで怖いというのはなんでですねん」

「道中奉行を兼任しているのが勘定奉行なのだ」

首をかしげた土岐に、鷹矢が告げた。

「勘定奉行はんでっか、そらあ、不安ですわな」

土岐が嘆息した。

勘定奉行は定員四名で幕府の財政を握っている。三千石高で役方旗本の出世頭になり、その上となると町奉行、留守居くらいしかない。そのどちらも番方旗本も就くことができるため、席の数は少ない。上を目指すならば手柄も要るが、それだけでは届かない。同僚を蹴落とさなければ、ならなかった。

「同役の足を引っ張るために、なんぞしてくる」

「ないとはいえぬ」

鷹矢が首を左右に振った。

「一緒でんなあ。幕府も朝廷も。上が己のために争う。結局、痛い思いをするんは民草。一人の欲のために、何人が苦しむか。まあ、己で稼いだ金で今日は何が喰えるかなど頭のなかで勘定する。腹一杯喰いたいけど金が足らんと嘆いたことなんぞない連中にはわからんねやろうけど……」

情けないと土岐が嘆いた。

「………………」

鷹矢はなにも言えなかった。

第二章　決戦前夜

一

小田原藩大久保家の妥協の産物である早馬が江戸へ入り、それを受けた江戸屋敷の留守居役が白河藩松平家の留守居役に伝えた。

「……大久保家よりこのような報せが参りましてございまする」

「日和(ひよ)ったか、小田原は」

白河松平家の留守居役からの報告を受けた松平定信が苦笑した。

「まあいい。足留めはできなくとも出立を報せてきただけでも役に立った」

松平定信がうなずいた。

「もっとも余の求めた条件には足りておらぬゆえ、褒賞はないがの」

笑いを浮かべた松平定信が続けた。

「小田原を昨日出たとなれば、品川に着くのは明日か」

「おそらくは」

確認するように訊いた松平定信に留守居役が首肯した。

「刻限はわかるか」

「さすがにそれは……」

いつごろ品川の宿場に入るかと問うた松平定信に、留守居役が困惑した。

「品川の外れに見張りを置いて、早馬で……」

「間に合いませぬ」

報せを受けた松平定信が馬を走らせても、とても間に合わない。

「執務があるゆえ、あらかじめ品川で待っておくというわけにもいかぬ」

老中は常勤である。もちろん、休みを取ってはいけないわけではないが、改革を進めるために一生懸命な松平定信が病でもないのに、明日いきなり休むなどと言い出せば、周囲の興味を引く。

一応、老中は松平定信の腹心というか手下で固めてある。しかし前任の田沼意次もそうしていたが、落ち目になると途端に裏切られる。

田沼意次の飼い犬とまで言われ、その息子を娘の婿として跡目を譲るとまで媚びを売っていた老中水野出羽守忠友でさえ、田沼意次が失脚するなり、養子縁組を解消して保身に走っている。

もっともその身替わりの早さが、より世間の憎しみを受けて、あっさり松平定信によって罷免された。

そういった実例を目の当たりにしている松平定信が、わかりきった危ない橋を渡るはずもなかった。

「明後日には出府の届け出があろうしな。なにせ慶事である。召し出しはすぐになされるのが慣例」

幕府には慶事は午前中、凶事は午後からという慣例がある。そして、それは拡大解釈され、吉は即日、凶はできるだけ日延べとなった。

もちろん、そんな素直な拡大解釈ではない。吉はその通りだが、凶は自害するだけの猶予を与えるということでもある。当主本人がなにかをしでかして、お家お取り潰しとなりそうなとき、その決定を受けるまでに切腹すれば、家は存続が許される。切腹は最大の贖罪であり、それをした以上、さらに追い詰めるのは酷、武士の情けで許してやろうとなる。さすがに家禄そのままとはいかないが、潰されるよりは半禄でもありがたい。

だが、鷹矢の場合は職務精励を愛でての加増になる。まさに旗本にとって慶事中の慶事である。召し出しに応じたならば、できるだけ早く呼び出すのは当然であった。

「登城する前に頭を押さえこんでおきたいが……余が出向いて話をするのは難しいか」

「お呼びになられては」

老中首座からの呼び出しとなれば旗本どころか、大名が喜んで飛んでくる。

留守居役が提案した。

「いや、呼んだところで来るまい」

「まさか、そのようなことが」

留守居役が啞然とした。

「あやつは敵に回ったからの」

「……敵」

苦々しい口調で言う松平定信に、留守居役が息を呑んだ。

「殿を敵に回すなど、愚かにもほどがございまする」

留守居役があきれた。

「その気になられたならば、旗本の一つや二つ、一ひねりだと申しまするに」

「普通の旗本であればな」

追従を言う留守居役に松平定信がますます頬をゆがめた。

「禁裏付というのは、面倒なのだ。一応こちらで選定して送り出すのだが……」

「なにかございますので」

腹立たしげに言葉を切った松平定信に、留守居役が怪訝な顔をした。

「朝廷に否認されることがある」

「それは」

松平定信に言われた留守居役が驚愕した。

「もちろん、幕府の人事である。朝廷といえども口出しはできぬが、それをすると朝廷への出入りができなくなる」

禁裏付の役目は朝廷の内政の監査と公家や女官の監察である。とはいえ、御所は朝廷の権威の象徴である。出入りを許されていないのに、勝手に入れば勅勘(ちょっかん)を受けてもしかたない。

「東城典膳正の位階を停止(ちょうじ)する」

こう天皇から勅(ちょく)が出れば、幕府でも強行はできなかった。

「それに、これは霜月(しもつき)たちが調べてきたことだが……どうやら東城は主上とお話しをしたことがあるらしい」

「なっ……」

「お目通りをいただいただけでなく、お気に召したとも言う」

目を大きくした留守居役に、松平定信が忌々(いまいま)しげに告げた。

「では、どうなさいまするか」

留守居役が問うた。

「来ないならば、こちらから行くまでよ」

「殿がおでかけに。たかが千石の旗本のもとへでございまするか」

言った松平定信に、留守居役が目を見はった。

「それだけの価値があやつにはある。いや、あやつの周囲というべきだな」

松平定信が続けた。

「とはいえ、なにもなしで訪れたところで、言うことなど聞くまい」

いかに老中といえども訪問先に警固の家臣を山のように連れてはいけない。屋敷の門内には入れても、さすがに建物のなかへ家臣を連れて入るのは無礼になる。

「そこまで信用できないのならば、どうぞお帰りを」

警固の家臣を多数連れていくのは、訪れた先を信用していない、襲われるかも知れないと警戒しているも同然なのだ。

だったら来るなと言われたら、反論できなかった。

「呼ばれたわけではなく、こちらから押しかけるのだ。無理は言えぬわ」

松平定信が頬をゆがめた。

「なんということと」

藩主を軽くあしらわれるというのは、家臣にとって我慢のできないことであった。

「もっとも断らせるつもりはないが、そのために少しせねばならぬことがある」

憤った留守居役に松平定信が持ちかけた。

「なんでございましょう。わたくしどもになんなりとご命じくださいませ」

「頼りにしてよいか」

胸を張った留守居役に、松平定信が言った。

「どのようなことでも、してのけて見せましょうほどに」

留守居役が意気ごみを見せた。

白河松平家は、久松松平家の流れを汲んでいる。この久松松平だが、松平の姓でありながら、徳川家康の血を引いていなかった。

久松松平は、徳川家康の生母於大の方と再縁した久松俊勝との間に生まれた男子を祖としている。つまり、徳川家康の異父弟から続いた家柄であった。

そのため久松松平家は徳川家の一門ではなく、一門に準ずる譜代大名として扱われてきた。

「残念な家柄」

準一門というのは、なんとも言いがたい地位である。一応、譜代大名からは敬意を払われるが、御三家や一門の松平家からは血のつながりがないくせにと冷視される。

それが松平定信を養子にしたことで、一気に話が変わった。

「吉原に席をもうけておりまする。一刻の花見などいかがでござろうか」

「なにとぞ、よしなに」

積極的にかかわってこようとしなかった大名家の留守居役が、下にも置かない対応へと変化した。

今では、御三家や越前松平、加賀の前田、薩摩の島津などの名門、大大名以外の宴席では、上座が当たり前になっている。

そうなれば、藩の外交をつかさどる留守居役の仕事はしやすくなる。

留守居役は、松平定信の恩恵をもっとも受けていた。

そして、同時に松平定信の隠居とともに我が世の春が終わることも知っていた。

「品川の宿で、東城を説得してくれ。余の話を聞くようにとな」

「それだけでよろしいのでございましょうか」

松平定信の願いに留守居役がもっと厳しいものでもかまわないと訊いた。

「うれしい申し出ではあるがの。これ以上頼るのは情けなかろう。会えば、押さえこむくらいのことはできる」

留守居役の言葉に松平定信がほほえんだ。

「わかりましてございまする」

強く留守居役がうなずいた。

「頼んだ」

「お任せをくださいませ。では、わたくしはこれで」

留守居役が下がろうとした。

「ああ、一つ付け加えておく。東城とその従者は強いぞ。霜月織部、津川一旗を葬れるほどにな」

大久保家から鷹矢の動向がもたらされた段階で、松平定信は津川一旗が敗れたことを悟っていた。

「……あの二人を」

聞かされた留守居役が固まった。

松平定信の腹心であった霜月織部、津川一旗のことを留守居役は知っていた。もちろん、その武芸の腕がどれほどのものかも重々承知している。

「抜かるなよ」

厳しい声で松平定信が命じた。

二

藤沢の宿場では、なにも起こらなかった。

「本陣に泊まったらよろしいのに。安うすんだものを」

旅籠を出たところで、土岐が文句を言った。

禁裏付でもあり、将軍の召し出しで江戸へ向かっている鷹矢は本陣を使うことができた。さすがに大名の参勤交代が入っているならば難しいが、他の客を追い出し、本陣を貸し切ることくらいは容易である。

また本陣宿は、幕臣に対して料金の請求を露骨にはしない。その宿場に課された賦役の一つだと考えられているからである。とはいえ、さすがに無料と言うわけにはいかなかった。代金ではなく礼金としていくばくかの金を包むのが慣例であった。

言うまでもなく、礼金はあくまでも心付けであり、後での悪評を気にしないのならば渡さなくても問題はなかった。

また、いくらでもいいということで、一分や二朱ですますこともできる。当然、陰口は叩かれるが、参勤交代のように定宿としているのでないかぎり、二度と訪れることもないのが普通であり、藤沢で東城典膳正は吝いと言われても困りはしない。

「身分を考えてくれ」

旗本東城典膳正の評判が落ちるくらいならどうというものでもないが、禁裏付が本陣宿の礼金を出さなかったとなれば、幕府の面目にかかわってくる。

「あっちのほうが、安全ですやろ」

土岐が言った。

本陣宿は宿場を代表する。宿場町の名士であり、そのほとんどが名字帯刀を許されている。いかに幕府役人が足を引っ張り合っても、現場に直接本人が出向くことはない。役目に就いている旗本が江戸を離れるには、届け出て許可をもらわなければならないのだ。どこへ行きなにをするかなどの詳細を知らさなければならず、予定外の行動を取ったとわかれば、罪になる。

もし、なにかしでかすとしたら、代理の者を送ることになる。当たり前のことだが、代理はその宿場に詳しく、あるていどの影響力を持っていなければ、役に立たない。そんな人物が、本陣宿に無体をしかけるはずはなかった。たとえ、本陣宿を襲い、無事鷹矢たちを討ち果たせたとしても、その後がなくなる。

「なんということをしでかした」

泊まっている旗本を殺されたとあれば、本陣宿は潰される。なまじ名字帯刀を許されているだけに、当主は切腹することになる。旗本、とくに役職に就いている者は、幕府を代表している。その役人を殺すのは、幕府への謀叛に近い。これがまだ街道筋ならば、野盗の仕業だとか、事故だとか言い逃れもできるが、本陣宿ではごまかしがきかなかった。

「おのれが……」

死罪になるだけでなく、改易としてすべての財産も奪われ、家族が路頭に迷う。復讐をためらう理由はない。

そこに宿場への影響も加わる。

幕府に恥を掻かせた宿場がただですむはずもなく、重い賦役を課されるか、下手をすれば伝馬駅としての資格を奪われる。そうなれば、旅人が立ち寄ることは減り、宿場は寂れていく。

実行犯は宿場をあげた報復を受けることになった。

「巻きこもうとするな」

鷹矢がため息を吐いた。

「老中首座に喧嘩売ろうかちゅう人が、なにを言うてはりますねん。使えるものはなんでも使わな、勝負にすらなりまへんで」

土岐があきれた。

「……それを言われると厳しいがな。できるだけ他人を巻きこみたくはない」

「他人を巻きこみたくない。ほう、ということは、京からここまで同行してるわたいは、身内やと」

「付いてきたくせに、なにを言うか」

あまりの言いぶんに鷹矢が嘆息した。

「素直やおまへんなあ。わたいに付いてきてもろうて、うれしいですやろに」

得意げな笑顔を土岐がした。

「……うれしくないとは言わぬ」

少しためらって、鷹矢が応じた。

言わずとも土岐には土岐の思惑があって同行していると、鷹矢もわかっている。それでも命がけになる勝負に付き合ってくれていることへの感謝は薄れていない。

「さて、今日中に屋敷へ着くぞ」

雰囲気を変えるように鷹矢が声を張り上げた。

「かわいいでんなあ、典膳正はんも。照れてはる」

土岐が頰を緩めた。

「…………」

主君をかわいいということに、表だって同意できない檜川が無言で従った。

東海道第一番目の宿場は品川になる。江戸からわずか二里（約八キロメートル）しかなく、宿場町というより遊所に近い。

吉原以外遊郭として認められていない江戸では、岡場所で遊んでいると町奉行所の手入れを喰らうことがある。しかし、江戸ではない品川は関東郡代支配品川代官の管轄になるため、町奉行所の検めが入ることはない。誰だって、遊女の上で振っている尻を捕り方に蹴飛ばされたくはないのだ。

また、品川は江戸湾に直面しているおかげで、魚や貝などが新鮮なまま食べられる。

鮮度の落ちを防ぐため酒漬けや酢締めにしていないものが食卓にあがる。

海を真正面に見る景色も良い。

江戸の住人にとって、身近な歓楽の地として品川は発展してきた。

品川は目黒川を境に、南品川宿、北品川宿に分かれている。それでも足りず、先年、北品川宿のさらに北を歩行(かち)品川として整備した。

その結果、より品川宿を訪れる遊客は増え、宿も料理宿が八十余軒、水茶屋六十余軒、飯盛り女という名前の遊女は千人をこえていた。

「お客さま、どうぞ休んでくださいませ」

襟元を崩した女が、道を行く男を呼びこみ、

「おう、おめえさんが相手してくれるなら寄らせてもらうぜ」

客となる男が、胸の谷間を覗(のぞ)きながら、鼻の下を伸ばす。

品川宿では日常の風景のなかに、十人ほどの侍が違和感を醸し出していた。

「下卑(げび)たやつらだ」

「殿のお心を理解せぬ。無知蒙昧(むちもうまい)な連中め」

白河藩松平の家臣たちが苦々しげな顔で風紀紊乱(びんらん)の男女をにらみつけていた。

「女の胸に手を入れおったぞ、あやつは」

藩士の一人が指さした。

「それは見過ごせぬ」

「おう」

藩士の幾人かがそちらへ向かおうとした。

「止（や）めておけ。無粋だぞ」

三十歳くらいの藩士が、止めた。

「なんだ、如月（きさらぎ）。おぬしはあれを認めると言うのか」

「民どもの楽しみだぞ。無粋なまねだと思うが」

「そんなことだから、風紀が乱れ、世が崩れるのだ。それを殿が正されようとしておられるのだ。そのお手伝いをするのは我らの役目」

如月と呼ばれた藩士の制止に、足を出しかけていた藩士が憤った。

「落ち着け、二田（ふただ）」

興奮している藩士を如月が抑えた。

「我らは今、そのような些末（さまつ）にかかわるため、ここまで来ているわけではない」

「しかし、あれを……」

「その間に東城典膳正を見逃したらどうする」

「うっ」

まだこだわる二田だったが、如月の正論に詰まった。

「今は専念せい」

留守居役が割りこんだ。

「蓮見(はすみ)どの……承知」

二田が引いた。

「絶対に見逃すなよ」

もう一度念を押して、留守居役の蓮見が街道筋に床几(しょうぎ)を出している茶屋へと戻った。

「東城典膳正とその家士か」

「そこまで強いのか。十人も出すほどに」

二田と別の藩士が街道筋を見ながら疑わしそうな顔をした。

「蓮見どのが、殿から伺ったところによると、霜月どの、津川どののお二人が倒されたとか」

「徒目付(かちめつけ)どのだぞ。同じ旗本同士で争うなど」

二田の話にもう一人の藩士が驚いた。

「殿の腹心お二人と殿の敵だ。諍(いさか)いになってもおかしくはないと思うが」

そこに如月も加わった。

「それにしてもだぞ、徒目付のお二人はかなりの遣い手であった。そのお二人を討つほどの腕前というのが信じられぬ」

別の藩士が首を横に振った。

「殿が偽りを口にされることはない」

二田が否定した。

「とにかく、遣(や)り合えばわかる」

「ところで、誰か東城の顔を知っているのか」

ふと藩士の一人が言い出した。

「……知らぬ」

「拙者も会ったことがない」

皆が顔を見合わせて困惑した。

「二人連れの武士……いるな」

江戸へ入る道筋だけに、人通りは激しい。ほとんどは江戸からの遊客であるが、江戸藩邸へ向かう藩士たちの姿もちらほら見受けられた。

「誰何してまわるしかなさそうだ」

如月が締めくくった。

藤沢宿をやはり早発ちした鷹矢たちは、六郷の渡しを昼前に渡った。

「飯にしよう」

鷹矢が渡し船待ちの茶屋に腰を下ろした。

「白湯(さゆ)を頼もう」

「団子はおますか」

鷹矢の注文に土岐が付け加えた。

「好きだな、団子が」

「普段は喰えまへんよってなあ」

官位は持っていても仕丁の禄は少ない。公家のほとんどが二百石あるかないかなのだ。仕丁のような小者に甘味（かんみ）を楽しめるだけの余裕などあるはずはなかった。

「喰いだめはできぬぞ」

「……わかってますけどなあ。明日どころか今日死んでもおかしいことおまへんねん。好きなもんくらい食べたいでっせ」

あきれる鷹矢に、土岐が言い返した。

「刹那（せつな）すぎるだろう」

「織田信長はんも言うてはりますがな、人の一生なんぞ夢幻（ゆめまぼろし）のようやと」

嘆息した鷹矢に、土岐が述べた。

「違うだろう。あれは信長（しんちょう）公のお言葉ではない。幸若舞（こうわかまい）の敦盛（あつもり）の一節だろうが」

「誰のもんでもよろしいがな。ようは昔のえらい人が言うたには違いおまへん」

土岐が笑った。

「どうぞ」

茶屋の親爺（おやじ）が団子を三つ、皿に入れて持ってきた。

「醤油（しょうゆ）団子ですな」

うれしそうに土岐が団子を手にした。

「……どうだ、檜川」

土岐から目を離して、弁当を使っている檜川に鷹矢が問うた。

「怪しい気配はございませぬ。こちらを注視している者もいないかと」

警戒を緩めていない檜川が応じた。

「となると……」

「人の手配がつきやすい品川でございましょう」

真剣な表情になった鷹矢に、檜川がうなずいた。

「……なるようにしかなりまへん」

土岐が口を挟んできた。

「喰いちぎるだけでっせ」

言いながら土岐が団子を歯で串から削ぐようにして口に入れた。

三

六郷の渡しから品川宿までは、二里半（約十キロメートル）と近い。

鷹矢たちは八つ半（午後三時ごろ）には南品川宿場に着いた。

「あれ、なにしてると思わはります」

先頭を歩いていた土岐が、足を止めた。

「貴殿はどちらのご家中か」

「我らはとある高貴なお方の家臣である。率爾ながら藩名と貴殿のお名前をお伺いいたしたい」

遠目で見た鷹矢が、道行く武家に声を掛けている藩士たちを確認した。

「……我らを探しているのだろうな」

鷹矢が大きく息を吐いた。

「誰も吾の顔を知らぬだろうからな」

当初松平定信の走狗として京へ送り出された鷹矢だが、禁裏付への任命から、真の役目である朝廷の弱みを握れという密命も城中でおこなわれており、松平定信の屋敷には出入りしたことすらない。当然、白河松平の家臣とも面識はまったくなかった。

「人相位は教えられていると思うが……」

「顔付だけでなかなか特定はできませぬ。まちがいであったなれば、大事になりまする」

道場主として闇討ちにあったことも、したこともある檜川が首を横に振った。

「それであれか」

「馬鹿でんな」

二人で顔を見合わせた。

「なぜそのようなことを言わねばならぬ」

「さる高貴なお方とは、どなたのことか」

「申せぬだと。なれば、吾も名乗らぬわ。うさんくさい者に聞かせるほど、当家の名前は軽くない」

当たり前のことだが、詰問に近い態度を嫌う者のほうが多い。

「なんだとっ」

「我らをうさんくさいと言うか」

ところどころでもめ事も起こっている。

「どないします。さっさと抜けてしまいますか」

冷たい目で白河松平の家臣たちを見ながら土岐が訊いた。

「いや、知らん顔はかわいそうだろう」

あちこちで遣り合う武士たちに、迷惑そうな民たちが大きく迂回していく。

「まじめでんなあ」

土岐があきれたような顔をしながら、感心した。

「褒めてないぞ、それは」

鷹矢が苦笑した。

「では、行くぞ」

「はっ」

「しゃあおまへんなあ」

気合いを入れた鷹矢に檜川と土岐が従った。

土岐に代わって先頭に立った鷹矢が、もめている白河松平家臣と別の武士たちに近づいた。

「なにをしておる。ここは天下の往来ぞ」

「なんだきさまは」

注意された白河松平家臣が、鷹矢に顔を向けた。

わざと鷹矢が煽った。

「他人を誰何する前に、己が何者かを語るべきである。それさえできぬ者など武士ではないわ」

鷹矢があきれ果てた。

「よいところへ。困惑しておりました。拙者田原藩士の西川と申しまする」

「遠くからではござるが見ておりました。貴殿に罪はござらぬ。どうぞ、お通りなされよ」

「かたじけない」

行っていいと言った鷹矢に一礼して、武士が去っていった。

「きさま、我らの邪魔をするか。我らはとあるお方の……」

「越中守どのであろう」

「……なぜ、それを」

白河松平家臣が唖然とした。

「面倒。他の皆も呼べ」

鷹矢が白河松平家臣に命じた。

「きさま、何さまだ」

白河松平家臣が鷹矢をにらみつけた。

「おまえたちが探している者よ。禁裏付東城典膳正である。頭が高いわ」

鷹矢が叱りつけた。

「と、東城典膳正……」

家臣が唖然となった。

「違ったか。少し気にし過ぎたか」

鷹矢がわざと肩をすくめた。

「殿、では、参りましょうぞ」

檜川が勧めた。

「邪魔をしたな。だが、天下の往来を阻害するのはいかぬ。一応、品川代官に話をしておく」

告げて鷹矢が歩き出した。

「い、いたぞおお」

鷹矢が背を向けた途端、家臣が大声をあげた。

「老中首座の家臣というても、使えまへんな」

遅すぎる反応に土岐が吐き捨てた。

「あのようなものだろう。なにもない泰平の世では」

鷹矢が返した。

「そうですかいな。ちいと早うなりそうでんな」

「なにがだ」

「幕府が倒れる」

怪訝な顔をした鷹矢に土岐がささやいた。

「…………」

鷹矢は驚くこともなく、黙って土岐を見た。

「あんなんばっかりやったら、勝負になりまへんで」

「公家に命をかけるだけの肚があるとは思えぬぞ」

禁裏付になってそれほど長くはないが、鷹矢は公家たちに命をかける気概はないと見て取っていた。

「ふっ」

小さく土岐が笑った。

「公家の本性をまだわかってまへんなあ。公家は己で動かず、他者を使って望みを果たす者でっせ」

「使嗾者か」

「どっちかちゅうと、煽動する者ですな」

言った鷹矢に土岐が答えた。

「迷惑な」

「あはっはは」

心底嫌そうな顔をした鷹矢を土岐が笑った。

「ま、待て」

話をしながらも歩き続けていた鷹矢たちを、呼び止める声がした。

「しかし、煽ったところで踊る者がおるか」

「あっちこっちで不満はたまってまっせ」

「待てと申しておる」

「不満を持つ者が誰か。それ次第ではないか。百姓くらいでは、世を変えるには足りぬだろう。商人は儲けがある限り不満を持っていても爆発はさせまい。職人は技を磨くことにしか興味がない」

制止を無視して鷹矢と土岐は話をしながら歩き続けた。

「たしかに百姓はんだけやったら、勝てまへんけどなあ。もっと不満を持っているお方がいてまっせ」

「聞こえぬのか。待てと申しておる」

ついに我慢できなくなった家臣が、背後の警固を務める檜川の肩に手をかけた。

「無礼者」

檜川がその手を摑むなりひねりつつ投げた。

剣術遣いというのは、刀だけを扱えればいいというものではなかった。戦いの最中はなにがあるかわからないのだ。得物が打ちあっている最中に折れることはままあるし、不意討ちで太刀を抜く間がないこともある。

無手でも戦えなければ、剣術遣いとはいえなかった。

「ぐえっ」

投げられて背中から落ちた家臣がうめいた。

「むん」

容赦なく倒れた家臣の肩を檜川が逆に決めた。

「ぎゃああ」

肩の関節を外された家臣が絶叫した。

「下沢（しもさわ）……きさまっ」

刀の柄に手を添えながら、他の家臣たちが駆け寄ってきた。

「禁裏付東城典膳正である。きさまら何者か。我らへの無礼は、御上へのものと同じであると知ってのことだろうな」

周囲に聞こえるほどの大声で鷹矢が叫んだ。

「…………」

家臣たちの血気が下がった。

「なにをしておる。取り囲まぬか」

動きを止めた家臣たちに茶店から出てきた留守居役蓮見が指図を出した。

「はっ」

「おう」

九人に減った家臣たちが散らばるようにして、鷹矢たちを包囲した。

「ほう、余が旗本とわかった上での無礼だと申すのだな。なれば、こちらも遠慮せずとよい。将軍家へ刃向かう者どもへ、目にものを見せてくれるわ。檜川、存分に働け」

街道筋での出来事である。周囲には十分な他人目（ひとめ）がある。

それをわかったうえで、鷹矢は大声で正当性を主張した。

「承知」

檜川が太刀を抜き放ちつつ、奔（はし）った。

「ま、待て。違う」

謀反人となれば、九族皆殺しである。女も子供も老人も赤子もすべて磔（はりつけ）になる。

蓮見が慌てて手を振ったが、鷹矢は聞こえない振りをした。

「おうっ。ぬん」

檜川がたちまち二人を斬った。

「ぎゃああ」

「ひいい」

間を駆け抜けられた形になった二人は、右腕と左腕を斬り飛ばされて、倒れた。

「な、なんだ」

鷹矢たちの行く手に回りこんでいた家臣たちがうろたえた。

「ほな、わたいも」

土岐が石礫(いしつぶて)を投げつけた。

「ぐわっ」

「痛いっ」

一人は右目をもう一人が額を石礫に打たれて、うずくまった。

「参る」

鷹矢も太刀を抜いて、蓮見へと近づいた。

「ま、待て。刀を引け。話があるだけだ」

蓮見が両手を前に突き出して、鷹矢を止めようとした。

「無礼な口を閉じさせてくれよう」

鷹矢が太刀を振り上げた。

「わ、儂を傷つけると殿を怒らせるぞ」

「名も知らぬ者など怖くもないわ」

脅した蓮見を一言であしらって、鷹矢が太刀を振り下ろした。

「ひええええ」

蓮見が頭を抱えてしゃがみこんだ。

「…………」

わざと間合いの外から攻撃した鷹矢があきれた。明らかに届いていない切っ先をよく見ることもなく震えあがった蓮見に、鷹矢は冷たい目を向けた。

「斬られた……えっ、痛くない」

しばらくして蓮見が気づいた。

「何者だ」

太刀の切っ先を向けたまま、鷹矢が問うた。

「ひっ……」

白刃(はくじん)の醸し出す威圧に蓮見がおびえた。

「さっさとせねば、使いものにならなくなる者が増えるぞ」

鷹矢が周囲を見ろと告げた。

「使いもの……ああ」

蓮見の見た瞬間に檜川が、家臣の右太ももを裂いた。

「があ」

足の筋肉は身体の重さを支える。そこに傷を受ければ、立っていることは難しい。

家臣が転がって、足を押さえた。

「…………」

「ほいっ」

目の向きを変えた蓮見は、軽い声で落ちていた石を拾っては、投げつけている土岐に気づいた。

「なんの」

飛んでくる石を家臣が太刀で払った。

「……えっ」

澄んだ音を残して、太刀が折れた。

「あほ」

呆然と折れた太刀を見ている家臣の左臑を土岐が蹴り抜いた。

「ぎゃっ」

人体の急所の一つを痛打された家臣が苦鳴を漏らした。

「残りは三人。そろそろ代官所の手代が来るだろう」

代官所は南品川宿にある。手代が二人と小者しかいないが、宿場でなにかあったときの責任を果たさなければならない。

「わかった。拙者は老中首座松平越中守が家中、留守居役蓮見源治郎じゃ」

「偽りを申すな。吾が禁裏付と知っていながらその口調、とても留守居役とは思えぬ。檜川、こやつらはご老中さまのお名前を語る痴れ者である。遠慮はもうよい」

「はっ」

討ち果たしていいと言った鷹矢に、檜川が首肯した。

「お、お待ちを。ご無礼はお詫びいたしまする」

ためらいのなさに蓮見がおびえた。

「檜川、殺すな」

鷹矢が檜川に指示を出した。

「ぎゃっ」

すばやく返した峰で肩を叩かれた家臣が悲鳴をあげた。

「お止めくださるのでは」

蓮見が責めるような顔をした。

「太刀を抜いておるということは、抵抗する気なのだろう」

氷のような声で鷹矢が告げた。

「一同、太刀を仕舞え」

「ですが、これだけやられて……」

蓮見の命に反発する者はいる。

「二田、納めろ」

強く蓮見が二田に言った。

四

「怪我人を帰らせても」

「かまわぬ」

茶店へと舞台を移した鷹矢と蓮見の話は、まずそこから始まった。

「外川（とがわ）医師のもとへ運べ」

藩出入りの外道医へと蓮見が指図をした。

「二田、そなたが差配いたせ」

まだ不満そうな二田に蓮見が命じた。

「なぜ、わたくしが」

二田が檜川をにらみながら、抵抗した。

「黙って従え。さもなくば殿にご報告申しあげるぞ」

「…………」

松平定信に告げ口をすると言われて、二田が黙ったまま離れていった。

「ご無礼をいたしました。お詫びをいたしまする」

「詫びは受け取らぬ。頭一つ下げただけで終わりにしようとするな」

謝罪した蓮見を鷹矢は一蹴した。

「……では、どういたせば」

一顧だにせず拒否されると思っていなかった蓮見が、一瞬固まった。

「なにもせずともよい」

鷹矢が手を振った。

「それより、なぜこのようなまねをいたした」

鷹矢が理由を問うた。

「……それは」

蓮見が口ごもった。

「ためらわれる立場だと思うなよ。正式に越中守どのへ苦情を申してもよい。いや、目付衆に届け出ても」

「それだけはご勘弁を願いたい」

目付の名前に蓮見が必死になった。

大名、旗本を監察する目付は、老中といえども訴追できた。また、目付は将軍へ直訴する権利が与えられており、老中首座といえどもその役目に口を挟むことはできなかった。

「お話しいたしまする」

　蓮見が折れた。

「……というわけでございまする」

「ようは、数で脅(おど)して、明日越中守どのがお出(い)での節におとなしく言われたとおりにするようにと……」

「はい」

　念のために確認した鷹矢に蓮見がうなずいた。

「はああ」

　精一杯のため息を鷹矢は吐いた。

「……行くぞ、檜川、土岐」

　鷹矢は腰をあげた。

「あの……」

「返事が欲しいか」

　こわごわと手を伸ばした蓮見に、鷹矢が問うた。

「はい」

「いいのだな。ここで吾が返事をするということは、先ほどまでの行為は越中守どののお指図となるぞ」

「…………」

頼みごとをするならばやったことの責任は取れと鷹矢が告げ、蓮見は返事をしなかった。

「よいな」

「…………」

念を押した鷹矢に、蓮見は黙ったままであった。

「行くぞ」

「はっ」

「おもろないこって」

歩き出した鷹矢に、檜川が従い、土岐がため息を吐いた。

「思ったより手間取ったな」

目黒川を渡った辺りで日が陰り始めた。

「腹が空いただけでしたわ」

土岐が首を左右に振った。

「屋敷に帰ったら、腹一杯喰わせるから辛抱してくれ」

「いやあ、楽しみでんなあ。江戸の飯は初めてですわ」

苦笑しながら言った鷹矢に、土岐が喜んだ。

「……殿」

宿場町を出た辺りで、檜川が緊張した声を出した。

「馬鹿の残りか」

「のようでございまする」

「あきひんなあ。彼我(ひが)の戦力差を考えへんのか」

敵かと聞いた鷹矢に、檜川がうなずき、土岐があくびをした。

「できるな、おまえ」

街道脇の並木陰から武士が現れた。

「越中守の家中だな」

「いいや、ただの浪人だ」

武士が嗤いながら否定した。

「そうか。浪人なのだな」

鷹矢がもう一度確認した。

「いい加減、腹が立ってきたわ」

鷹矢が天を仰いだ。

「よろしゅうございましょうか」

「うむ。斟酌無用」

問うた檜川に、手加減は要らないと鷹矢が伝えた。

「来い。飼い犬が」

出てきた武士が檜川を煽った。

「…………」

そのていどの挑発に檜川が乗ることはなかった。無言で太刀を抜き、するすると間合いを詰めた。

「くそっ……」

慌てて武士が太刀を抜いた。

「りゃあ」

武士が気合い声をあげて、檜川の注意を惹いた。

「…………」

無言で檜川が間合いを詰めた。

「こいつっ。くたばれ」

武士が太刀を振った。間合いにはまだ遠い。こうして太刀を振ることで、相手の出方を見ようとしたのだが、檜川は相手にしなかった。

「ちっ」

武士が半歩退いた。

「無駄だ」

空いたぶんだけ檜川が詰めた。

「喰らえっ」

わざとらしく武士が太刀を振り回した。

「下手を装うな」

冷静に檜川が武士に言った。

「……わかるか」

武士が太刀を振るのを止めた。

「腰がずれぬわ」

しっかりと鍛えられた足腰は、どのような動きにでも応じてくる。どうしても修練を積んでいない者とは据わりかたが違った。

「なれば、本気でいかせてもらおう」

武士が太刀を青眼にかまえた。

「おう」

檜川が応じた。

「できるようだな」

少し離れたところで二人を見ていた鷹矢が感心した。

「みたいでんなあ。檜川はんの雰囲気が全然違いますわ」

土岐も同意した。

「……二田」

ぐっと檜川に向かって腰を落としながら、武士が声を張りあげた。

「なにっ」

鷹矢が緊張した。

「任せろ、如月」

如月の潜んでいた並木の陰からもう一人が出てきた。

「気配は一人だと思いこんでいたか」

「殿っ……」

釣り出された檜川が戻ろうとした。

「おっとさせぬ」

如月が檜川を牽制した。

「きさま」

檜川が目つきを変えた。

「許さぬぞ」

「いいのか、おまえの主が死ぬぞ」

焦らそうと如月が口の端をゆがめた。

「…………」

檜川が黙った。

「一人になったの」

太刀を抜いて鷹矢へ斬りかかった二田が、勝ち誇った。

「死ねや」

二田が太刀を鷹矢へ向けてぶつけてきた。

「ふう」

息を吐くようにして、身体の力を抜きつつ鷹矢が左に半歩動いた。

「なんだ」

二田が空を切った太刀に引きずられ、体勢を崩した。

「ほいっ」

土岐が二田の軸足を払うように蹴飛ばした。

「あたっ」

重心を狂わされた二田が顔から落ちた。

「よいしょっと」

土岐が二田の背中に乗り、片足を首に置いた。

「折ってよろしいか」

「やめてやってくれ」

二田のあまりの弱さに鷹矢が憐れみを感じた。

「少し押さえていてくれ」

「よろしいで」

土岐が首に置いた足を腰の上へと移動させた。

「どけっ」

首に掛かっていた圧力がなくなった二田が首を曲げて、土岐をにらんだ。

「黙っとき。二度としゃべれんようにしてもええねんで」

背骨の上に置いた足に土岐が力を入れた。

「ぐふっ」

胸を圧迫された二田がうめいた。

「馬鹿に持たすものではないな」

鷹矢が二田の太刀と脇差(わきざし)を取り上げて、江戸湾へと投げ捨てた。

「もういいぞ、土岐、檜川」

鷹矢が手を振った。

「ほな」

軽く跳んで土岐が二田の上から退いた。

「……こいつっ」

急いで起きあがろうとした二田の喉に、土岐がいつ抜いたかわからぬ早さで小刀を添えた。

「死にたいんか」

土岐が感情のこもらない声で訊いた。

「……うっ」

二田が詰まった。

「今度許しなく動いたら……わかってんな」

「…………」

土岐に脅された二田が首を力なく上下させた。

「……残念だったな。味方はいなくなったぞ」

「あやつ……口ほどにもない。決死の思いで戦わぬか」

檜川に言われた如月が二田をにらんで、吐き捨てた。

「どうする」

太刀の切っ先を少し上げて、檜川が如月を促した。

「今更、藩にも戻れぬ」

形としては、蓮見の指示でおこなったが、子供の使いではない。上に言われたので、旗本と知りつつ襲いましたは通らないのだ。

「そのような者、当家にはおりませぬ」

白河松平家へ苦情を申し立てたところで、そう言われてしまえばそれまでであった。いかに目付といえども、それ以上は突っこめない。

「戻ったところで……」

「藩邸に受け入れてもらえぬか」

なんともいえない表情の如月に、鷹矢が言った。

「入れてもらえぬほうがよろしいで。なかへ入ってしまえば、外からは見えまへんよってな。なにをしてもわかりまへん」

土岐が首を左右に振った。

「帰れば……死」

　二田が転がったまま肩を落とした。

「生きるには逐電（ちくでん）するしかない」

　二田が苦い顔をした。

「このまま行くというならば、見逃してくれるぞ」

　鷹矢が手を振った。

「刀も金もない」

「そこまでは知らぬわ」

　情けない言葉を吐いた二田に鷹矢が啞然とした。

「きさまはどうする」

　檜川が油断せずにふたたび問うた。

「浪人に落ち、喰えずに切り取り強盗をするよりは、この場で決着をつけることを望む」

　如月が鷹矢の情を拒んだ。

「なれば、参る」

「おうよ」

檜川と如月の斬り合いが始まった。

「さっさと行け」

二田に鷹矢が手を振った。

いかに両刀を奪ったとはいえ、敵だったのだ。気を抜いているとどのようなまねをしでかすかわからない。

檜川たちの戦いに集中したい鷹矢は、二田が邪魔であった。

「しかし……」

「別のところへ行かせてもよろしいねんで。今やったら、お仲間が何人か待ってくれてますわ」

「…………」

嗤った土岐に二田が息を呑んだ。

「わあっ」

不意に土岐が大声を二田に浴びせた。

「おひゃあ」

驚いた二田が、走って逃げていった。

「案山子に驚く雀でんな」

　土岐が声を上げて笑った。

「武士も終わりだな」

「長く続くと、ああなりまんねん」

　嘆息した鷹矢に土岐が告げた。

「……これは勝てぬな」

　じりじりと足先で地面を削りながら、間合いを詰めていた如月が、揺らぐことのない檜川の体勢に感嘆した。

「おぬしもなかなかだぞ」

　檜川も如月の腕を認めた。

「何が違うのだ」

　如月が青眼の構えのままで尋ねた。

「剣術遣いになるためすべてを捧げた者と、家臣としての役目があった者の差」

　問われた檜川が答えた。

「おぬしも家臣であろう」

「数ヶ月前に拾ってもらったのだ。それまでは道場をやっていた」

不思議そうな顔をした如月に、檜川が語った。

「そうか」

「あと、人を斬った経験があるかどうかだな」

檜川が納得しかけた如月に聞かせた。

「人を斬るか」

「決して誇れることではないが、他人を傷つけることへのためらいは消える」

「ためらっているか、拙者は」

如月が訊いた。

「ああ。切っ先が伸びておらぬ。意識の外で腕が縮んでいる。それではとても届くまい」

乱世が終わるなり、世の定めが変わった。相争っているときは、一人でも多くの敵を殺せ。殺せば殺しただけ報償は増えて、賞賛された。

だが、それが泰平になると一変した。

「人を殺すな、傷つけるな」

世の発展に人は要る。人ほど貴重な財産はないのだ。人がいなければ田畑は耕されず、ものは作られない。

さらに力は施政者にとって諸刃（もろは）の剣であった。

己は力を持たねばならぬ。しかし、己以外が力を持てば、いつ下剋上が起こっても不思議ではなかった。なにせ、徳川家が主君であった豊臣家を滅ぼして天下を奪ったのだ。同じことが降りかかってこないという保証はない。

結果、幕府は武士の表芸として武を推奨しながら、その裏で刀を抜くことを厳しく規制した。

無礼討ちを認めておきながら、まず成立させない。

「それくらい辛抱できなかったのか」

そう言われて、無礼討ちは辛抱の足らぬ浅きおこないとして糾弾（きゅうだん）される。

「切腹を命じる」

無礼討ちをした者が咎めを受ける。

そうなれば、力を振るおうとする者は減る。そこへ旗本奴（やっこ）や傾き大名たちが処罰を受ければ、武士が萎縮するのも当然であり、それこそ手入れのとき以外で刀を抜いたことなどないといった者ばかりになる。

それでも剣術は学ばなければならなかった。たとえ、算盤しか手にしない勘定方でも、剣術の稽古くらいは経験していないと外聞が悪い。

もちろん、純粋に剣術が好きだとか肌に合うだとかいう連中もおり、熱心に稽古を重ね、折り紙、免許と腕をあげていく。それでも真剣を手にすることはほとんどなく、ましてやそれで戦うことなどない。

如月もそんな一人であった。

「なあ、一つ教えてくれ」

構えを崩さず、如月が求めた。

「なんじゃ」

本来ならば、真剣勝負の最中に言葉を発するなど、隙を作るも同然で心得がないにもほどがある行為だが、檜川はわざと見逃した。命をかけての遣り合いですでに勝負は決まっている。ならば、少しくらい相手をしてもいいと檜川は考えた。

「初めて人を斬ったとき、どんな気分であった」

如月が問うてきた。

「この世のなかにこれほど気分の悪いことはないと感じたな。刀が皮膚を斬り、肉を裂き、骨を割る。そのすべての感触が手から伝わってくる」

檜川が苦そうな顔をしながら、続けた。

「感触だけではない。斬られたとわかった相手の目に浮かぶ絶望がな」

それ以上檜川は口にしなかった。

「いや、ひどいことを訊いた」

如月が礼を述べた。

「先ほどまで、一人くらい斬っておくべきだった。さすれば刃がおぬしに届いたかも知れぬと思っていたが、せずによかった。そのような業を背負わずに死んでいける。これほどの冥加はないな」

透き通った声で如月が微笑んだ。

「いずれ、人は死ぬ。あの世で修練を積んでおかれよ。いつの日か、ふたたび相見えようぞ」

檜川が告げた。

「そう言ってくれるか。なれば、もう思い残す思いもなし」

如月が喜んだ。

「参る」

「おう」

二人の仕合が再開された。

上段に太刀をあげた如月が檜川に突っこんだ。完全に守りを捨てた一撃を如月は選んだ。

「…………」

同じように前へ踏み出しつつ、膝を折った檜川が太刀を薙いだ。

二人が交錯した。

「ぐふっ」

倒れたのはやはり如月であった。

上段からの一撃は存分なものであったが、腰を落とした檜川に届く前に如月は腹を割かれていた。如月の決死の一刀は、その死をもって力を失い、ただ落ちるだけのものとなり、檜川が片手で抜いた脇差に止められていた。

「…………」

その勝利を鷹矢はたたえることなく、無言で見つめていた。

第三章　帰府一景

一

すべてが終わるのを見ていたかのように、代官所の手代が現れた。

「お話を聞かせていただきたい」

武家姿の鷹矢にていねいな口調ながら同行を手代は求めた。

手代は先祖からの譜代もいるが、その多くは現地で有能とされる町民身分の者を取り立てることが多い。算勘に優れ、能書ではあるが、剣術の稽古なんぞやったどころか見たこともないといった連中ばかりであった。

「なんの話をだ」

鷹矢の機嫌は悪い。代官所はすぐそこなのだ。出てくるのが遅すぎた。

「もちろん、この有様についてでござる」

「有様……おう、人が倒れておるな。そうか、人助けに出てきたか。ならば、かかわりのない我らは邪魔になる。参ろうぞ」

「はっ」

「へい」

行くぞと手を振った鷹矢に、真面目な顔で檜川が応じ、土岐が笑いを浮かべた。

「ま、待たれよ。この惨状を引き起こしたのは貴殿たちだろう」

手代が鷹矢を止めようとした。

「余が、これを」

あえて「余」という自称を使うことで、鷹矢は身分ある者だと匂わせた。

「…………」

すっと手代の顔色が悪くなった。

「見ていたのか、そなた」

「わたくしが見ていたというわけではありませぬが……」

問われた手代が目をそらした。

「ほう、なのに余がこやつらを斬ったと」

「あの、見ていた者がおりまして」

「どこにおる」

手代の言いわけに鷹矢が周囲の野次馬を見回した。

「…………」

さっと野次馬たちが目をそむけた。

「見ていた者よ、名乗り出よ」

険しい声で檜川がわざとにらみつけた。

「……おらぬようだぞ」

しばらく待っても誰も声を出さない。鷹矢が手代に問うた。

「そんなわけは……そう、そこのおまえ。おまえだ」

手代が野次馬の一人を指さした。

「存じません」

野次馬が首を横に振って、さっさと逃げ出した。

「あっ、これ。なれば……おまえ」

「……」

続けて指を向けられた野次馬はそそくさと背を向けた。

「おまえも……」

「どうした」

裏切られたという顔の手代に、鷹矢が近づいた。

「い、いえ」

手代が合わせるように下がった。

「そなたも見ていない。周りにも見ていた者はおらぬ。行ってよいな」

「お待ちを。この状況では疑われて当然でございましょう」

歩きかけた鷹矢を手代が制した。

「無礼者め」

「ひえっ」

鷹矢に怒鳴りつけられた手代が悲鳴をあげた。

「禁裏付東城典膳正であるぞ」

「何度目やねん」

苦笑しながら鷹矢が名乗り、土岐が小声で突っこんだ。

「……………」

だが、手代はそうはいかなかった。

士分と言えないわけではないといったあたりでしかない手代から見れば、禁裏付など雲の上の人物になる。なにせ、上司の代官でさえ、目見え以下なのだ。

「さきほどからの無体、役目柄だと思えば許しておったが、そなたはまことに代官所の手代か」

「……はい」

「なればする順番が違おうが。まずは倒れている者の安否、生きている者がいれば医者へ連れていく、死人は戸板に乗せて代官所へ運ぶ。それらの手配はできているのだろうな」

目の前に下手人と見える者がいるのだ。逃がしてはならぬと考えるのが当たり前である。それをわかっていながら、鷹矢は手代を責めた。

「それはっ……おい。医者を呼んでこい」

手代が連れてきていた小者に急ぎ指示を出した。

「で、よいのだな」

「もちろんでございまする」

鷹矢の念押しに手代が首を縦に振った。

「……いやあ、弱い者いじめでしたなあ」

高輪の大木戸をこえたところで、我慢は終わりだとばかりに土岐が腹を抱えた。

「騒動の最中は離れた物陰から見ていただけ……」

鷹矢は戦いを遠巻きにしている野次馬のなかに手代の姿を見ていた。もっともそのときは手代とは思ってもいなかったが、名乗り出てきたときに気付いた。

「……終わってから出てきて御上の権威を振るおうなど、お役目をないがしろにしているとしか思えぬわ」

鷹矢は不満を吐き出した。

「直接民と触れあう代官所があれでは……」

「よろしいがな。幕府が馬鹿をしてくれれば、そんだけ朝廷への期待は高まりますよってなあ」

土岐がにやりと笑った。

「本気か……」

聞かされ続けてきている。鷹矢がさすがに土岐の正気を疑った。

「当たり前でんがな。わたいは主上が童であられたころからお仕えしてますねん。わたいにとって主上がすべて。その主上のお望みを蹴飛ばした幕府なんぞ、潰れてしまえばよろしい。力があるならば、わたいが直に踏み潰したいところでっせ」

土岐が笑いを消した。

「なあ、典膳正はん」

「なんだ」

真顔の土岐に声を掛けられた鷹矢が応じた。

「越中守はんと一回話をさせてもらえまへんか」

「難しいことを言う」

土岐の頼みに、鷹矢が眉をひそめたが、無理だと拒否はしなかった。

「呼び出されたときに、供として連れていくことくらいはできるが……」

会うかどうかは松平定信のつごうになる。鷹矢には松平定信に強要するだけの力はなかった。

「それでけっこうで。なにからなにまで頼って、それで己の求めることを通そうなんぞ、人としてどうかと思いますしな」

土岐がうなずいた。

品川の宿場で手間を取ったが、日が暮れる前に鷹矢は屋敷へ戻ることができた。

「お帰りなさいませ」

藤沢の宿場から今日帰るとの飛脚を出してある。

屋敷は当主の帰館だと、大門を開け、水を打ち、かがり火を焚(た)いて待っていた。

「うむ。久しいというほどではないか。だが、壮健なようでなによりである」

鷹矢は初老にさしかかった用人をいたわった。

「殿が奥方さまをお迎えになり、和子さまをお作りになられるまで死なぬと決めておりますれば」

用人左内(さない)が胸を張った。

「ほな、もうすぐでんなあ。子供は天の授かりもんでっさかい、すぐとはいきまへんやろうけど、嫁はんはもう決まってるようなもんで」

土岐が口を挟んだ。

「失礼ながら、あなたさまは」

左内が土岐の砕けた態度に、不機嫌そうな声で訊いた。

「御所仕丁の土岐という者ですわ。京では典膳正はんにようしてもらいました」

土岐が自己紹介をした。

「……御所仕丁でございまするか」

聞き慣れない役目に、左内が首をかしげた。

「御所の雑用をこなす者で。お武家はんでいうたら、小者か中間（ちゅうげん）あたりかと」

「小者か、中間、そのていど……」

「止（や）めろ。こやつはわざと他人に侮られるようにする。そうして相手に隙を作らせ、そこへ喰いついていく。こんななりとこんな口調だが、従八位という位を持っている。無位無冠の無礼は許されぬ」

左内の発言を鷹矢が封じた。

「…………」

言われた左内が沈黙した。

「やりにくうなりましたなあ。昔はもっと素直やったのに」

土岐が鷹矢をからかった。

「ふん」

鼻で鷹矢があしらった。

「ああ、これは檜川という。京で警固役として抱えた」

鷹矢が檜川を左内に紹介した。

「細かい話は後だ。飯にしてくれ」

「待ってましたで」

鷹矢の言葉に土岐が喜んだ。

二

出ていった藩士が帰ってこない。

「蓮見はどうした」

屋敷で政務を執っていた松平定信が、夕餉の膳が用意されたところで、小姓に訊いた。

「まだ戻ってはきていないようでございまする」

事情を知らない小姓が答えた。

「そうか。帰り次第来るようにと伝えておけ」

「はっ」

小姓が出ていった。

「しくじったな」

松平定信が失敗を確信した。

「人数も十分だったはずだが、油断するなと強く釘を刺しておくべきであった」

徒目付のなかでも腕利きだった霜月織部と津川一旗を排除したのだ。手強いとはわかっていた。それでも数さえ揃えば大丈夫だと、松平定信は甘く見ていた。

「目立つわけにはいかぬ」

確実にことをなすならば、多くの藩士を動員すればいい。衆寡敵せずは、真理なのだ。しかし、数を出せば、どうしても目立つ。

「あの御仁は、たしか……」

ひょっとすると出した藩士の顔を知っている者がいるかも知れない。

まだ決定的な決別状態にはなっていないが、将軍家斉との間に隙間ができてきている。そこに松平定信の失策が露わになれば、天秤は一気に傾く。

「旗本を謀殺しようとするとはなにごとぞ」

家斉は嬉々として松平定信を糾弾する。

「お血筋をもって、特別な憐憫を賜る。隠居のうえ、永の蟄居を命じる」

さすがに八代将軍吉宗の孫を死罪にするわけにはいかない。とはいえ、無罪放免にはできるわけもなく、隠居させられ、狭い部屋に閉じこめられ、さっさと餓死でもしてくれといわんばかりの扱いを受ける。

「白河藩松平家を棚倉へ移す」

もちろん松平定信だけでことはすまなかった。

奥州街道の重要拠点である白河から、すぐ隣とはいえ交通の便も悪く、山に囲まれた棚倉へと移される。棚倉は公収六万石といわれているが、実質は一万石もない。当然、藩士たちの放逐、減禄をおこなうことになる。

「あやつのために」

先日まで徳川の血筋、名君八代将軍の孫として、崇拝されていた松平定信は、一気にその地位を失う。

人は利と名分を与えてくれる者に従い、悲惨な状態に落とした者を嫌う。

「寒くてたまらぬ。炭を入れてくれ」

「飯をもう少し増やしてはくれまいか」

幽閉されてからの頼みなど、誰も聞いてはくれない。

残る末路は悲惨しかなかった。

「用人に申しつけておかねばならぬな」

蓮見たちの藩籍を抹消し、なにかあったときでもかかわりがないように手配しておかなければならないと松平定信が決心した。

「殺してはまずかったのだ。それを思えば、この失敗はなんの影響もない。何もしなかったのと同じことじゃ」

鷹矢を呼びつけたのは、殺すためではなかった。もちろん、死んだら死んだで構わない。そうすれば、新たに腹心を禁裏付として送り出せばいい。

「余が欲しいのは、東城ではない。朝廷の闇をすべて知るという女。東城はその女とかかわりがあるゆえに価値がある。もし、東城がその女の引き渡しを拒むというのであれば……」

冷徹な施政者としての表情を、松平定信が浮かべた。

旅というのは疲れる。目的地に着くには一日歩き続けなければならないし、宿では周囲が気になったり、夜具が気に入らなかったりで心から安らぐことはできない。だからこそ、家に帰り着くとほっとできる。そして、より一層、己が疲れていることに気付いてしまう。

夕餉を終え、入浴をすませた鷹矢は、そのまま落ちるように眠った。

「ううむう」

だが、習慣という名前の癖は抜けなかった。

鷹矢はいつもと同じように明け六つ（午前六時）前に目覚めた。

「見慣れぬ天井だな」

当主となってからずっとこの部屋で寝起きしてきていた。当然天井なんぞ見慣れているはずだったが、目覚めた鷹矢は違和感を感じていた。

「そうか、百万遍の禁裏付役屋敷の天井に慣れてしまったのか」

鷹矢は苦笑した。

「お目覚めでございましょうか」

檜川ではない家士の声が、廊下から聞こえた。

「うむ。開けてよいぞ」

鷹矢が襖を開けることを許した。

「おはようございまする」

家士が襖を開けてから、深々と一礼した。

「うむ」

「ご洗顔の用意が整いましてございまする」

家士が洗面桶と手ぬぐいを持って入ってきた。

「…………」

出された洗面桶で顔を洗い、手ぬぐいで顔を拭く。

「どうぞ」

続けて出された房楊枝に房州砂と塩を合わせたものを付け、歯を磨く。

「……ご苦労であった」

「では、お着替えを」

嗽を終えた鷹矢が立ちあがり、小姓が洗顔などの道具を少し避けたところへ置き、着替えを手伝った。

「……よかろう」

さすがに自邸では来客でもない限り、袴は身につけない。袴の皺は一度付くと火熨斗を使わないと取れないため、面倒くさいからであった。

「土岐どのはどうしている」

客として迎え入れた以上、普段通りの扱いはまずかった。鷹矢が土岐を軽く扱えば、家臣たちもそれに倣う。

「すでにお目覚めでございまする」

「そうか。では、朝餉をともにとお誘いしてくれ」

「はい」

桶、小物、鷹矢が脱いだ夜着などを小脇に抱えた小姓が首肯した。

旗本の食事は質素であった。

飯は炊きたて、汁は作りたてではあるが、菜はほとんどないに等しい。干し鰯(いわし)を焼いたものに漬物がつくなど贅沢(ぜいたく)なほうであった。

「いただきまっさ」

土岐がいそいそと箸を取りあげた。

「粗餐(そさん)だがの」

鷹矢も茶碗を手にした。

「うわっ……固っ」

干し鰯を囓(かじ)ろうとした土岐が、顔をしかめた。

「京のは塩辛いでっけど、ここまで固くはおまへんで」

「すまんな。柔らかいと日持ちせぬでな」

「日持ちでっか」

鷹矢の答えに、土岐が首をかしげた。

「これでも一応旗本、武士だぞ。万一を考えている。屋敷に立て籠もらなければならなくなったり、急ぎ槍を持って戦場へ向かわなければならないときなどあるだろう」

「なるほど。そうなってからでは、買い求める間もないと」

土岐が納得した。

「しかし、いまどきそんなことを考えているお方は少ないですやろ」

「他人は知らぬ。これは東城家の家訓だからな。米と干し鰯、味噌は切らすなと」

感心というかあきれているというか、どちらとも取れそうな表情の土岐に、鷹矢が苦笑した。

「まあ、固(かと)うても鰯や。口のなかに入れていると、ええ具合にふやけますわな」

土岐が干し鰯を口にした。

「これぐらい噛めように」

音を立てて鷹矢が干し鰯を噛み砕いた。

「わたいは都人(みやこびと)でっせ。東夷(あずまえびす)と一緒にせんとって欲しいわ」

土岐が嘆息した。

「……で、今日はどないしますねん」

食事を終えた土岐が、白湯をすすりながら訊いた。

「四つ（午前十時ごろ）に帰府の届けを出し、その返事を待つくらいだな」

鷹矢が答えた。

「それやったらあきまへんな」

「どうした」

肩を落とした土岐に、鷹矢が怪訝な顔をした。

「せっかく江戸へ来たんでっせ。浅草寺はんや、両国の賑わいを見に行きたいなと思うてましたんやけど」

「行くか。さすがに日が暮れるまではまずいが、少しならば問題はないぞ」

落胆している土岐に、鷹矢が告げた。

「返事次第では、登城せんならんですやろ」

土岐が驚いた。

「加増での呼び出しは慶事じゃ。慶事は昼前と決まっている。昼からの呼び出しはありえぬ」

「急にということはおまへんか」

「ないな。呼び出したとはいえ、京から江戸だぞ。いつ着くかなど正確には読めぬ。こちらから帰府いたしましたとの連絡を受けて、そこから申し渡しの用意に入る。褒賞を言い渡すのに廊下というわけにはいくまい。黒書院か白書院を使うとなれば、いつどちらが空いているかを確認、それに合わせて準備となる。早くて明日、まあ、三日ほどはかかろう」

「そんなもんでっか」

鷹矢の話に、土岐が述べた。

「朝廷と仕組みは同じだ」

「ほう、それで三日、働き者ですなあ、幕府のお役人は。朝廷やったら、十日はかかりまっせ」

土岐が目を大きくした。

「まあ、お呼び出しで帰ってきて、物見遊山というのも外聞が悪い。浅草寺さまへのお参りくらいとしておこう」

「おおきに」

派手に遊ぶわけにはいかないぞと言った鷹矢に、土岐が礼を口にした。

三

帰府の届け出は、役職の支配へ出す。禁裏付ならば老中になるが、今回は役目ではなく、旗本東城家への加恩であるため、届け出るのは若年寄支配の表右筆（おもてゆうひつ）へであった。

「受け取った。あらためてお呼び出しがあるまで屋敷にて控えておられよ」

表右筆が告げた。

「二百石のご加増とは、今時うらやましい限りであるな」

鷹矢が呼び出された理由を調べた表右筆がうらやんだ。

「よいではないか。礼金をもらえるのだからな」

別の表右筆がなだめた。

幕府には政や大名の家督相続などを司る奥右筆と、旗本の人事、増上寺、寛永寺など徳川家の内政を担当する表右筆の二つがあった。

もちろん天下の政を請け負う奥右筆が格上になるし、大名の家督が円滑にすむかどうかは、その筆加減にかかっているため余得も多い。

しかし、表右筆も捨てたものではなかった。

奥右筆ほどの力はないが、それでも旗本の家督相続や、徳川家の菩提にかかわる陳情などを扱うのだ。禄とほとんど同じくらいの付け届けがある。

「たしかに。二百石をくわえて一千石でござるか。十両というところであるかの」

受け付けた表右筆が満足げにうなずいた。

「どれ、各所と調整をいたして参ろうか」

表右筆が腰をあげかけた。

旗本の目通りには多くの役目がかかわった。

まず、陪席老中、旗本支配の若年寄、立ち会いの目付、そして披露役の奏者番である。事情によっては、そこに支配組頭、小普請頭なども加わる。

それらの調整をしなければならないため、今日や明日というわけにはいかなかった。

滅多にないが、将軍の臨席もある。将軍が出座となれば、いかに老中といえども刻限に遅れることは許されない。それどころか、かなり早めにうごかなければならなかった。

「二百石くらいのご加恩ならば、上様はお出でになるまい」

いつものことだと、表右筆は将軍の御座であるお休息の間を素通りしようと考え、まずは老中のつごうを聞こうと御用部屋へ向かおうとした。

「おい、左ノ木」

表右筆部屋の奥で職務をこなしていた表右筆組頭が、出ていこうとした表右筆を止めた。

「なにかございましたか」

立ったまま振り返るのは無礼になる。左ノ木と呼ばれた表右筆が片膝を突いた。

「その旗本の名前はなんだ」

表右筆組頭が問うた。

「名前でございますか……東城典膳正とございまする」

確実を期すため、表右筆が書付を見ながら答えた。

「東城典膳正……禁裏付のか」

「さようでございまする」

左ノ木が首肯した。

「ならば、お休息の間へまず向かえ」

「上様がご臨席なさるのでございますか」

表右筆組頭の指図に、左ノ木が驚いた。

「うむ。昨日、その旨のご指示があった」

「東城、東城……記憶にございませんが、さほどの家柄でございましたか」

左ノ木が怪訝な顔をした。

将軍というのは権威である。いかに旗本でお目通りかなう家柄であるといったところで、実際に話をすることは難しい。

千石に満たない旗本など家督相続のお礼言上でも半年から一年ほど、数が揃うまで待たせて、十把一絡げにされた。しかも声を掛けてもらうことはなく、ただその横を将軍が素通りするだけといった扱いになる。

加増や役職任免でも将軍は立ち会わず、老中あるいは奏者番が代行するのが普通であった。

「いや、お使者番から山城国巡検使を経て、禁裏付に転じたばかりだ」

表右筆組頭も首をかしげた。

「さほどの経歴ではございませぬな」

「うむ。上様に直接お仕えしたこともない」

小納戸、小姓番など将軍の側近くに仕えている者は、一度離れても寵愛を受け続けることがある。それこそ旗本から大名、側用人から老中になる者も出た。

「なぜ上様が……」

「わからぬ。だが、心には留めておくべきだろう」

表右筆の身分はさほど高くない。余得があるため、人気はあるが、格式からいけば馬医者よりも低く、出世したところで奥右筆がよいところであった。

それもよほどの引きでもなければ難しく、逆に出世するような人物から嫌われると地位さえ危なくなる。

「承知いたしましてございまする」

左ノ木がうなずいた。

表右筆はお休息の間に入れない。

小姓番に用件を伝えるだけで、家斉には小姓番から報告される。

「そうか。典膳正が戻ってきたか」

家斉がうなずいた。

「いつお目通りをお許しになられましょうや」

家斉が出るとなれば、そのつごうがすべてに優先される。どれだけ老中が多忙で、他の予定が入っていようとも、家斉がこうだと言えば、それですべてが決まった。

「明日の四つ半(午前十一時ごろ)でよかろう」

「場所はいずこでなさいましょう」

「空いている書院でよい」

重ねて訊いた小姓番に家斉が告げた。

「では、そのようにお下知を伝えまする」

小姓番が家斉の前を下がり、待っていた左ノ木に伝言した。

「承りましてございまする」

左ノ木がていねいに受けた。

「まさか、上様がご臨席なさるだと」

やはり足を踏み入れられない左ノ木に代わって、用件を月番老中に告げた御用部屋坊主に、月番老中が驚愕した。

「たかが千石ほどの旗本の加増にお立ち会いなさるなど……」

月番老中が小さく首を横に振った。

「しかも明日の朝とはいきなりすぎる。明日は長崎奉行からの報告を受けねばならぬというに」

長崎奉行は遠国奉行筆頭で、異国との付き合いを担当する。国と国としての付き合いというほどではないが、出島に駐在している阿蘭陀、唐人屋敷の清などとの交接をおこない、それらの国との交易を監督する。

それだけでも重要な役目ではあるが、さらに長崎奉行には交易運上という大金の徴収という仕事もある。じつに年間十万両に及ぶという運上は、幕府にとっても大きい。その報告を受けるのは老中にとって極めて重要な案件であった。

「かといって、上様のお決めになられたことに……」

「よろしければ代わろうかの」

呻吟する月番老中に、松平定信が声をかけた。

「越中守さま」

老中は同格であり、首座といえども「どの」呼びにするのが慣例である。しかし、八代将軍吉宗の孫にそれでは不敬になる。松平定信だけは「さま」付けであった。

「幸い、明日の朝はさほどの用件もござらぬでの」

「お願いをいたしても」

「こちらから声をかけたのでござる。差し障りはござらぬ」

「かたじけなき」

ほっと月番老中が安堵（あんど）の息を吐いた。

「いやいや、執政は相身互いでござる」

当然のことだと松平定信が笑った。


遊びに出歩くのはまずいが、信心は咎められない。

鷹矢は土岐と檜川を連れて、浅草寺へと来ていた。

「これが……はあ、なかなか大きなもんでんなあ」

「人がこんなに……」

土岐と檜川が浅草寺門前で唖然としていた。

「京や大坂も人多いけど、これはあかんわ」

土岐が嘆息した。

「掏摸やあ」

「どけやっ」

あちこちの雑踏でもめ事が起こっている。

だが、それもあっという間に人の流れのなかへと沈んでいく。

「お参りでけへんかあ」

「そうでもないがな」

あきらめた土岐に、鷹矢が苦笑した。

「まあ、まだ江戸にはいる。日をあらためたほうがよさそうだ。どうも、今日は浅草寺の縁日らしい」

行事ごとがあるからの人出だろうと鷹矢が慰めた。

「そうでんな。あきらめるのは業腹ですけどなあ。多分、二度と江戸へ出てくることはおまへんやろうし」

光格天皇の腹心というか、耳目ともいえる土岐だけに、そうそう京を離れることは難しい。

「どれ、せめてものことだ。両国橋を渡ろうか」

少ししんみりした鷹矢が、土岐を誘った。

「行きまひょ。いやあ楽しみでんな」

一気に土岐が元気になった。

「渡るだけだぞ。橋のたもとの広小路は通り過ぎるだけだ」

参詣、参拝という形式を崩すわけにはいかないと鷹矢が釘を刺した。遊行していると見られては、加増減禄になりかねない。

「わかってまっせ。ここは敵地でっさかいな」

土岐の表情が変わった。

両国橋は、武蔵と下総という二つの国を繋いでいることから、そう呼ばれていた。長さは九十四間（約百七十メートル）、幅八間（約十四メートル）あり、そのほぼ中央に橋番所があった。

「金取りまんのか」

渡っていく者が橋番所に金を払っているのを見た土岐が驚いた。

「安心しろ、武家と僧侶、神官はただだ」

「公家はんやわたいらみたいな仕丁はどうですねん」

「……聞いたことはないな」

「番所までいかなんだら、金要りまへんやろ。そこまででよろしいわ」

首をかしげた鷹矢に、土岐が手を振った。

「それくらい出すぞ」

「ほな、行きまっせ」

金は出してやると鷹矢が言うなり、土岐が先頭を歩き始めた。

「…………」

「はあ」

鷹矢が鼻白み、檜川が嘆息した。

「早よ、おいなはれ」

橋番所の手前で土岐が手招きをした。

「ふふふ」

その様子に、鷹矢と檜川が顔を見合わせて笑った。

四

明日の呼び出しとなれば、今日中に命じておかなければならない。

かつての鷹矢の同僚が、用件を伝えに東城屋敷までやってきた。

「典膳正どのは変わりないか」

やってきた使者番は鷹矢と顔見知りであった。

「かたじけのうございまする。主息災でございますれば、お心遣いに感謝いたしまする」

「典膳正どのはどうした」

「菩提寺(ぼだいじ)のほうへ……」

「着府したわずかな猶予の間にも先祖供養か。なんとも孝行なことよ。孝行を咎めるわけにはいかぬ。では、用件をしっかりと伝えよ」

左内の言いわけを認めた使者番が、明日の四つ半に黒書院まで来るようにという、幕府の命を告げた。

「たしかに承りましてございまする」

左内が頭を垂れた。

それから一刻(いっとき)（約二時間）ほどで、鷹矢たちが戻ってきた。

「そうか。隼人正(はやとのしょう)どのが御使者としてお出でくださったか。明日にでも白絹を三反届けておいてくれ」

鷹矢の留守を咎めずに帰ってくれたと左内から聞いた鷹矢が、音物(いんぶつ)の指示を出した。

白絹は音物の基本ともいえ、そのまま売れる便利なものであった。

「承知いたしておりまする」

心利(き)いていなければ用人は務まらない。左内がうなずいた。

「しかし、明日の四つ半とは、また忙しいことよ」

鷹矢が驚いた。

「上様のご臨席をいただくそうでございまする」

「なんと……」

左内の追加に、鷹矢は呆然となった。

「遠目にお姿を拝見したことしかないぞ」

鷹矢が緊張した。

「なに言うてますねん」

顔色をなくしている鷹矢に土岐があきれた。

「主上にお声をかけていただいたことを忘れてるんでっか」

「……あっ」

土岐に言われて鷹矢が気づいた。

「しゅ、主上……」

「存じませぬ」

左内と檜川が絶句した。

「申してなかったか」

「伺っておりませぬ」

鷹矢に確かめられた檜川が、強く首を横に振った。

「と、殿……」

「今上帝に庭先でご引見(いんけん)を賜った」

震える左内に鷹矢が答えた。

「……あわわ」

左内が腰を抜かした。

「そうでっしゃろ、そうでっしゃろ。これが普通でっせ」

なぜか土岐が満足げに首を縦に振った。

「で、落ち着きましたやろ」

「たしかにな。まだ、上様に直接お目通りを許されたという緊張は残っているがの。助かった」

鷹矢が土岐に礼を述べた。

「…………」

「しっかりせぬか」

まだ腰を抜かしたままの左内に、土岐が活を入れた。

「……も、申しわけございませぬ」

左内が慌てて頭をさげた。

「装束を確認いたせ。熨斗はあたっているか。それと登城行列の手配もせよ。駕籠はあるか」

禁裏付は従五位ながら、駕籠が許された。朝廷への幕府の権威を見せつけるため、無理矢理に認めさせた乗輿の格式だが、まだ罷免されていない鷹矢は、江戸でも駕籠が使えた。

「駕籠はございませぬ」

禁裏付になってまだ日も浅い。なんといっても、京では虚仮威しのように駕籠を囲んでの行列を組むが、江戸では旗本のなかでもさほど高禄というわけではない東城家なのだ。駕籠を買ったところで、無駄でしかない。

「売ってはないな」

駕籠などまず売れるものではない。注文を受けてから作り始める。

「まず」

「どこか駕籠を借りられるようなところは」

「あいにく……」

東城家は鷹矢の本家がもっとも家禄が高い。親戚筋は駕籠どころか、馬さえない家のほうが多かった。

鷹矢に訊かれた左内が首を横に振った。

「どうするか」

格式というのは守ってこそである。

鷹矢が腕組みをした。

「なあ、用人はん」

土岐が口を挟んだ。

「どうした」

鷹矢が問うた。

「出入りの駕籠屋ちゅうのはおまへんのか」

「……出入りというのではないが、なにかあったときに頼むところならございます
る」

左内が土岐の質問に答えた。

「そこで聞いたらどないです。そういった駕籠を貸してはいないかと」

土岐が助言した。

「そうか。京では駕籠かきも日貸しで雇えたな」

鷹矢が思い出した。

　急な禁裏付として京へ赴任することになった鷹矢は、十分な数の家臣や小者を連れていくだけの余裕がなかった。

　しかし、禁裏付は毎日行列を仕立てて、御所へ通わなければならないのだ。そこで、鷹矢は世慣れている土岐や枡屋源左衛門の知恵を借りて、日雇いの駕籠かき、供たちを遣っていた。

「聞いて参りまする」

　左内が急いで出ていった。

「気がつかなかったわ。助かった」

　鷹矢が土岐に感謝を示した。

「気にせんでよろしいわ。しっかりお礼はもらいますよって」

「お礼……なんだ。無理は言うなよ」

　土岐の性格はよくわかっている。鷹矢が警戒をあらわにした。

「そんなに恐れんでも。無理ではおまへん。明日の登城行列の供に加えて欲しいだけですわ」

「行列の供だと」

「へえ。せっかくやから、江戸城を見物したいと思いますねん」

土岐が願った。

「何かしでかすつもりか」

「……ふふふ」

目つきを鋭くした土岐が笑った。

「なんもしまへんわ。いや、なんもできまへんわ。まあ、目の前に松平越中守がいてたら、殴りかかるくらいはしますやろうけどな」

「やる気ではないか」

土岐の言葉に、鷹矢が嘆息した。

「典膳正はんは、どうですねん」

「目の前に越中守どのがいたらか……そうよなあ」

逆に問われた鷹矢が考えた。

「殴りかかりはせんが、面罵（めんば）くらいはするだろうな」

「一緒ですやん。どっちも腹切りもんでっせ」

土岐が笑った。

「ふむ。わかった。ただ、そうなると当家の小者扱いになるぞ」

「そんなもん十分でっせ。実際小者ですさかいな」

朝廷の者を連れていくわけにはいかない。鷹矢に言われた土岐が納得した。

「と、殿」

駕籠の手配に行った左内が、先ほどよりも血の気をなくした顔で駆けこんできた。

「いかがいたした」

騒がしいと怒ることはしなかった。土岐の騒がしさは、群を抜いている。

鷹矢が問うた。

「え、越中守さまが……ご老中首座さまがお見えでございまする」

「なんだとっ」

左内の言葉に鷹矢が息を吞んだ。

「……越中守」

さすがの土岐も呆然となった。

「い、いかがいたしましょう」

左内が慌てた。

常識破り、不意の来訪である。いかに老中首座相手であろうとも断れる。もっともそういった対応をとれる者はいない。江戸にはいないというほうが正確である。それだけ老中首座の力は大きい。加賀百万石の主でさえ、松平定信が来たならば、すぐに玄関にまで出迎える。

しかし、京では違った。

「ふん。礼儀を知らぬことよ」

まずまちがいなく五摂家は鼻であしらう。

「あいにく御所はんは、お出かけでおまして。折角のおみ足を運んでいただきましてんけどすんまへんなあ。今度は先触れを入れてもらえれば、助かりま」

あるいは慇懃無礼に居留守を使われる。

「……奇襲とはやってくれる」

「はあ」

つぶやくように口にした鷹矢に、左内が怪訝な顔をした。

「いや、なんでもない。そのまま帰すわけにもいくまい。客間は大事ないか」

「すぐにでも」

大名や名のある商家だと、客間をいくつか持っている。客が重なったときとか、格式で客の対応を変えなければならないからだ。

だが、東城家くらいでは客間は一つしかない。それも十畳ほどの狭いもので、襖絵などない質素な客間であった。

「よろしいのでございまするか」

老中首座をそんな客間に通して大丈夫かと左内が危惧した。

「余を馬鹿にしているのか」

客間が貧素だというだけで怒る者もいる。えてして身分の高い者にこの手は多い。

「気に入らぬと言うなら、帰ってもらうしかないな」

鷹矢が冷たく告げた。

「はい」

用人とはいえ家臣である。主の決定には逆らえなかった。

「では、お着替えをなさってくださいませ」

「ああ」

本来は身支度を整えた鷹矢が、玄関まで松平定信の迎えに出るべきだが、不意のことで衣服も砕けた状態である。袴も身につけず、客の前に出るのは、武家として恥じるべきことであった。

かといってそう長く外で松平定信を待たせるわけにはいかない。さっさと客間へ通し、湯茶の接待をしなければならないのだ。

主人が出られないとなれば、家臣としてもっとも身分の高い用人が代理を務めるのが当然であった。

「お急ぎを」

そう言い残して左内が小走りに玄関へと向かった。

「……どうくるかの」

立ち上がって着替えを始めながら、鷹矢が土岐に問うた。

「越中守の目的は、浪のことですやろうな」

「おそらくな。浪を手に入れれば、朝廷は身動きできなくなる。お困りにならないのは、主上くらいだろう」

「当たり前でんがな。主上に後ろ暗いことなんぞ、おまへん」

土岐が当然のことだと首肯した。

「されど、それ以外の公家は動揺するだろう」

「しますやろうなあ。さすがにすべての公家が、砂屋楼右衛門(すなやろうえもん)とかかわりあったとは思いまへんけど、上に行くほど怪しいですわなあ」

高位の公家ほど、闇を抱えている。土岐がため息を吐いた。

「霜月たちから話はいっている。知らぬ存ぜぬは通らんな」

「手の届かないところにいると言うてやればよろし」

「それで許すわけなかろうが」

そんな曖昧(あいまい)な答えで納得するようなら、とても老中首座なんぞやってられない。

「実際、そうなんやから。なんでも思い通りになると思いこんでる子供の目を覚まさせてやるのも大人の仕事でっせ」

土岐がにやりと笑った。

「お通しいたしましてございまする」

左内が報告した。

五

松平定信は、客間の上座で瞑目していた。

「東城典膳正でございまする」

「うむ。開けてよい」

自邸だが、相手は老中首座である。鷹矢が入室の許可を求め、松平定信がそれを認めた。

「ようこそお出でくださいました」

「京から戻ったばかりで疲れておるところを悪いの」

互いに決まり決まった遣り取りをおこなう。ただ、鷹矢はお待たせしましたとの詫びを口にしなかった。

「ご多用のところ、わざわざお見えいただいたわけをお伺いいたしても」

形式をすませた鷹矢が用件を問うた。

「……ふん」

松平定信が鼻先で応じた。

「それを言わねばならぬか」

「あいにく、非才にございますれば、お話しいただかねば、わかりかねまする」

「非才と申すか。ならば、役目に耐えられまい。禁裏付は公家を相手にする難職である」

「辞任いたせばよろしゅうございますか」

辞めさせるぞと言った松平定信に、鷹矢が平然と返した。

「図太くはなったようだな」

「おかげさまを持ちまして、命の瀬戸際というものも知れましてございまする」

嫌味には嫌味でと鷹矢が応じた。

「女のことだ」

「…………」

告げた松平定信に、鷹矢が沈黙した。

「どうした。答えよ」

「…………」

松平定信の命にも鷹矢は無言を貫いた。

「東城」

「よろしいのでございまするか」

怒りを声に含めた松平定信へ、鷹矢が目をちらと警固の侍に向けた。

「他人払いをせよと」

「それだけのことではございませぬか」

意図を悟った松平定信が鷹矢をにらんだ。

「……外せ」

松平定信が警固の家臣に手を振った。

「殿……」

警固の家臣が驚いた。

「なにかありましては大事でございまする」

離れれば、警固はできなくなる。警固の家臣が顔色を変えた。

「大事ない。こやつが余を害することはない。そのようなまねをいたしてみよ。族滅になる」

松平定信が鷹矢を指さした。

老中首座を斬り殺したところで、族滅にはならない。過去、五代将軍綱吉のとき大老堀田筑前守正俊が、若年寄稲葉石見守正休によって刺殺されたとき、稲葉正休はその場で討たれ、藩は取り潰されたが、一門は重い咎めを受けなかった。これが幕府における前例となっている。ようは主殺しではないからであった。

しかし、松平定信は吉宗の孫にあたる、いわば徳川の血筋になる。これを幕閣がどう判断するかで、もし鷹矢が松平定信を討った場合の処遇は変わった。

「ですが……」

「行けと申したぞ」

まだ渋る警固の家臣に、松平定信が険しい表情を見せた。

「なにかありましたら、お声をあげてくださいませ」

「檜川、案内を」

憎々しげに見てくる警固の家臣を鷹矢は檜川に預けた。

「お任せを」

廊下に控えていた檜川が首を縦に振った。

「押さえたつもりか。あやつは家中でも指折りの遣い手じゃ。一人でどうにかできるものではない」

松平定信が鷹矢の対応を揶揄した。

「霜月と津川、あの二人より上だと」

「…………」

二人を屠ったのは檜川だと暗に告げた鷹矢に、松平定信が苦い顔をした。

「さて、他人払いをした。さっさと話せ」

「越中守さまが求めておられるのは、砂屋楼右衛門とかかわりのあった女でまちがいございませぬか」

「ああ」

確かめる鷹矢に松平定信が首を縦に振った。

「それでございましたら、わたくしは行方を存じませぬ」

「偽りを申すな。そなたが禁裏付役屋敷へ連れて帰ったとわかっておる」

平然と知らないと答えた鷹矢を松平定信が怒鳴った。

「たしかにあの場から連れては戻りました。ですが、朝廷から引き渡せとのご諚があり、従いましてございまする。それ以降は、一切かかわっておりませぬ」

「朝廷だと。誰だ」

「それは申せませぬ」

松平定信の質問への回答を鷹矢は拒んだ。

「なにを言うか。そなたに拒む権などない。申せ」

「申せませぬ」

頑なに鷹矢は拒絶した。

「そなたは余の走狗である。犬は餌をくれる主にのみ、尾を振るものである。そなたに口止めした者は誰ぞ」

「犬でございますか」

松平定信の言葉に、鷹矢は肩を落とした。

「どうしてもお知りになりたいと」

「天下のすべてを知っておくのが、老中首座である」

「二度と眠れぬ日々が参りますぞ」

胸を張った松平定信へ、鷹矢が告げた。

「どういう意味だ」

松平定信が驚愕した。

「朝廷の千年をこえる闇を覗きこむ……その覚悟はおありか」

「千年の闇……そのようなものが……」

さすがの松平定信が鷹矢の言葉に息を呑んだ。

「いや、それこそ余が求めるものじゃ」

すぐに松平定信が気を取り直した。

「闇とはなんだ」

「朝廷を守るもの」

「意味がわからぬ。はっきりといたせ」

松平定信がいらだった。

「武家に政を奪われていながら、なぜ朝廷はいまだに崇敬を集めているのでございましょう。武力を持たないというに、潰されておらぬのでしょう」

「それは朝廷に名分があるからじゃ」

「名分とはなんでございましょう」

重ねて鷹矢が問うた。

「朝廷の持つ名分は、天下の主という……」

途中まで言いかけた松平定信が絶句した。

「むっ……そなた、余を脅すか」

「いえ、そのようなつもりはまったくございませぬ。ただ、大政を担われる御身を心配いたしているだけ」

目つきを鋭くした松平定信に、鷹矢が含みのある言いかたをした。

「余には十分な警固が付いておる」

「ちなみにお伺いいたしてもよろしゅうございますか。その警固は品川に出向いた者より強いのでございましょうや」

自信満々といった風の松平定信に、鷹矢が問うた。

「やはりそなたか」

「なんのことやら」

「とぼけるな。そなただろう、吾が藩士どもを……」

「よろしいのでございますかな。品川で狼藉を働いていた者どもが、白河藩のものだとお認めになられても」

「…………」

熱くなった松平定信が、一気に冷めた。

「もちろん、ここでの話はなかったものとなりますゆえ、他所(よそ)に漏れることはございませぬ」

「恩を売ったつもりか」

「買っていただけますか」

険しい表情の松平定信に、鷹矢が平然と返した。

「買うものか」

松平定信が吐き捨てた。

「恩とは売るものではございませぬ。売っても買い手がいなければ、ただの押しつけでございますから。代金を払わなくてもいい」

「余が引き上げてやった恩を、そなたは……」

「引き上げてくれとお願いにあがったことはございませぬ」

鷹矢が声を低くした。

「何を言うか。そなたを禁裏付に押しこんだのは余である。でなければ、そなたは生涯使者番でくすぶったのだ」

「それでかまいませんでした。京へいったことで知らなくてもよいことを知りました。生涯抜くはずはなかった刀を抜き、両手で足りぬだけの人を斬りましてござる。これを喜べと」

「御上のためである。旗本は御上に仕えているのだ。当然の苦労である」

鷹矢の文句を松平定信が押さえにかかった。

「なぜ、わたくしがそれを。そういったことの得意なお方は他におられましょう」

「御上への奉公を他人にさせるというか。よくぞ、それで旗本として禄をもらい続けていたの」

松平定信がよりかかさにかかってきた。

「役目を果たすべきだと」

「そうじゃ」

「それが誰であっても、与えられた役目は果たすべきだと」

もう一度鷹矢が繰り返した。

「しつこい。それが役目というものである。命をかけてでも果たしてこそ、ご恩に報いることができる」

松平定信がより強い口調で迫った。

「わかったならば、女の行方を……」

「土岐、誰でも役目を果たすべきだそうだ」

続けようとした松平定信を制して鷹矢が土岐を呼んだ。

「それはそれは」

用に備えて廊下の隅に控えている小者の振りをしていた土岐が笑顔で客間の襖際に移動してきた。

「誰だ、そなたは」

見知らぬ人物の登場に松平定信が驚愕した。

「家右衛門……」

「よろしんか、朝廷の闇の一人でっせ、わたいは」

警固の家臣を呼ぼうとした松平定信に、土岐が告げた。

「な、なんだと」

松平定信が目を大きく開いた。

「女を典膳正はんから受け取って、別のところに移したんは、わたいですわ」

「何者だ」

そう言った土岐に、松平定信が大声を出した。

「……殿」

声に反応した警固の家臣が駆けつけてきた。

「な、なんでもない。下がっておれ」

「ですが……」

慌てて手を振る松平定信に家右衛門と呼ばれた警固の家臣が逡巡した。

「何度も言わすな」

松平定信が家右衛門にあたった。

「申しわけございませぬ」

藩主の心配をしただけなのに叱られた家右衛門が、肩を落としてさがった。

「もちいと優しくしたげんと。かわいそうでっせ」

土岐が松平定信の態度にあきれた。

「黙れ。聞かせる話ではなかろうが」

松平定信が土岐を怒鳴った。

「気の短いお方は長生きでけまへんで」

土岐は蛙（かえる）の面（つら）に小便とばかりに、松平定信の怒気をあしらった。

「おのれがっ」

松平定信が怒りのあまり身体を震わせた。

「落ち着きなされませ。この者は主上ともつながりのある者」

鷹矢が松平定信をなだめた。

「…………」

大きく松平定信が息を吐き吸いを繰り返した。

「……そなた名前は」

「土岐言いますねん」

すなおに土岐が名乗った。

「朝廷の闇とはなんだ」

「教えられまへん」

松平定信の問いを土岐が拒んだ。

「答えろ。余が訊いているのだ」

「陪臣の身分で大きな態度でんなあ」

土岐が口の端をつり上げた。

「陪臣……なにを申すか。余は老中首座であるぞ」

「それは徳川でのこと。主上からみたら、あんたは将軍の家臣。すなわち陪臣。違いまっか」

「…………」

正論に松平定信が反論できなかった。

「わたいは身分低いですけどなあ、主上の直属。直臣ですわ」

土岐が胸を張った。

「……何者だ」

悔しそうな顔で松平定信が尋ねた。

「主上のお側に侍る者と言うときましょ」

「侍従か」

「あんな飾りと一緒にせんとっておくれやす」

土岐が首を左右に振った。

侍従は従四位相当の官で、その名の通り天皇の側に付き従う。武方として仕えている関係上、御所内でも帯刀が許されている。しかし、泰平の世、実権を失った朝廷では、まったく意味のない役目であった。

「ああ、一つ言うときますけどな。陪臣は直臣の許しなしに口開きな。頭(ず)が高いわ」

「なにをっ……」

「黙れ。もう一度言う。そなたが幕府でどれほどの地位にあっても、朝廷においては陪臣じゃ。官職を取りあげるよう、主上さまにお願いしてもええんやぞ」

「うっ……」

官職は飾りだが、失えば松平定信の名誉にかかわる。なにせ、城中では名前ではなく官名で呼び合うのだ。官職を失えば、松平定信は越中守ではなくなる。しかも剝奪となれば、前(さきの)越中守も使えない。かといって名字呼びは無理である。なにせ松平はそこらに転がっているのだ。

「松平さま」

では、何人もが反応する。

かといって諱の定信で呼ぶことは、失礼になる。となれば、領地の名前の白河と言うしかなくなる。

「白河さま」

領地の名前で呼ばれるのは無位無冠の者、あるいは同じ官名を名乗っている者などがおこなっているので恥にはならないが、老中がそれではさすがにみっともない。

「主上のお怒りを買った者に幕政を預けることはできぬ」

なにより松平定信を老中部屋から追い出すかっこうの理由になった。

「わかったか。そなたがやったことは主上のお気持ちを無にしただけ」

光格天皇が実父閑院宮典仁親王を差し置いて高座に昇ったことを僭越と考え、せめて父に太上天皇の称号だけでも贈りたいと幕府へ願った。それを前例なしの一言で断ち切ったのが松平定信であった。

「称号だけですむまいが。それを認めれば、やれ太上天皇にふさわしいだけの館を用意いたせ、閑院宮家の家禄をあげよと言うてこようが」

「それがどうした。それをするのは幕府の仕事じゃ。践祚、即位、大喪の礼、譲位など天皇家にかかわる行事、その費えは代々の幕府がする。鎌倉以来の慣例じゃ。それができなくなったゆえ、室町の幕府、足利家は朝廷の支持を失った」

「…………」

事実だけに言い返すのは難しい。

「そなたは幕府を改革し、百年の計をなすと言うておるようだが、その幕府の命運に、屋台骨にひびを入れたのだ」

土岐が口調を変えた。

「そのようなつもりは……」

「なかろうがあろうが、主上は幕府を嫌われたぞ」

「うっ」

面と向かって言われた松平定信がうめいた。

「朝廷の闇が知りたいようだの」

土岐の声が重くなった。

「闇はどこにもある。どこにもできる。この国に住まう者はすべて、主上の民なり。主上が一言、越中守を咎めよと勅を出されたら……いつ誰がそなたの命を奪うために動いても不思議ではない。たかが二百年に満たぬ幕府の主従関係など、千年をこえる歴史に勝てると思うなよ。今夜からそなたは安らかに眠れぬ。不寝番が、先ほどまで組み敷いていた妾が襲いかかるぞ。江戸城のなかも安全ではない。大名、役人がいつ……」

「ば、馬鹿な」

松平定信が否定しようとした。

「勅をなした者は罪にならぬ」

天皇の命は形だけになっているとはいえ、絶対である。

「誰もがおのれと同じ価値で生きていると思うな。幕府より朝廷に重きを置いている者はどこにでもいる。それが朝廷の強みじゃ。そしてこれこそ名分であり、朝廷の闇」

大きく口をゆがめて、土岐が嗤った。

第四章　巡る人々

一

鷹矢の留守を預かっているもう一人の禁裏付、黒田伊勢守のもとを多くの公家が訪れていた。

「典膳正はなぜ江戸へ」

武家伝奏広橋中納言が問い、

「浪を禁裏付の力で御所から出してくれぬかの」

二条家家宰松波雅楽頭が頼んできた。

「なにとぞ、御所出入りの名誉をいただきますよう、お力添えを」

大坂の商人桐屋利兵衛（きりやりへえ）が金を持ってきた。

いずれも今まで交流があった相手ではあるが、過去のことはなかったとばかりに、すり寄ってきた。

「一人になるとこうも違うか」

黒田伊勢守が興奮した。

幕府は遠国で大きな権力を持つ者は一人しかおいていない。京都所司代、大坂城代がそうである。これは、西国大名や朝廷に不穏な動きがあったとき、複数いれば意思の統一がしにくく、即応できないと考えたのだ。

「薩摩が兵を連れて大坂へ向かっているとのこと」

そう報せのあったとき、大坂城代が二人いれば、

「ただちに近隣の藩より兵を出させろ。武器庫を開け、鉄炮、槍を使えるようにいたせ」

「薩摩の意図を聞いてからでよかろう。いきなり兵を集めれば、相手を刺激することになる。ここは穏便に」

意見は割れる。

それを調整するという無駄が、致命傷になりかねなかった。なにせ、遠国なのだ。江戸へ問い合わせたところで十日やそこらは返答がこない。

だが、それほど緊急を要しない遠国役は複数設けられている。

これは遠国という幕府の手が届きにくいところで、一人に権力が集中すると王を作ってしまうからであった。

「そうしろ」

「儂に任せろ。その代わり……」

すべてが王の判断で決まるとなると、それを勘違いする者が出てくる。それこそ、賄賂の取り放題になるし、評定の公平性は失われる。

特定の相手だけが得をする。

これは政にとって、まずいことであった。利にかかわれなかった者は嫉妬し、被害を受けた者は恨む。

そしてたまり続ける不満はいずれどこかで限界をこえる。

「一揆じゃ」

「幕府を倒せ」

たかが一揆や打ち壊しなら、いくらでも武力で押さえこめる。だが、一揆などが起こったという事実は残り、幕府に政をするだけの資格がないと天下は知る。

「今ぞ」

虎視眈々と倒幕を狙っている連中がうごめく。

それを少しでも防ぐために、重要な遠国役は基本複数になっていた。

禁裏付もそのために二名定員になっていた。

基本、禁裏付は朝廷の金の出入りを監査する。他にも公家を監督するという役目もある。どちらも特定の者にだけだが、利をもたらす。

御所出入りの商人を決めることはできなくても、蔵人たちに圧力をかけるくらいはできる。位階を競い合っている公家の片方に与し、もう一方の足を引っ張ることも容易である。冤罪を作り出せば、それだけで位階は遅れる。もちろん、あとで無罪だったと放免するが、それでも傷になるのはまちがいない。

とはいえ、二人いれば互いに同役を見張る。同僚が馬鹿をしたときに、監察するのも役目の一つであった。

その監察役がいない。

黒田伊勢守はまさに我が世の春であった。

「禁裏付もこうやってみれば、よき者よな」

金はいくらあっても困らない。

十年任地にある慣例の禁裏付である。公家に貸しを作るのは大きい。

「明日は蔵人を呼び出して、桐屋のことを推しておくか」

黒田伊勢守がつぶやいた。

朝廷の内証を担当する蔵人は、禁裏付と毎日接する。禁裏付の求めにまず逆らうことはなかった。

「典膳正がこのまま帰ってこなければよいのだが……」

黒田伊勢守が眉をひそめた。

鷹矢の帰還を厭う者がいれば、待ちこがれる者もいる。

「まだお帰りではございませぬ」

「今頃江戸へ着いたとこでっせ」

弓江の嘆きに温子があきれ、

「あと何日したらお顔見れるんやろ」

「行かれて、まだ八日。お戻りまでは十日以上かかりますよ」

ため息を吐く温子に弓江が首を横に振る。

「なんともまあ、罪作りなお方や」

その様子を枡屋源左衛門が温かい目で見守っていた。

鷹矢と檜川がいなくなった百万遍の禁裏付役屋敷の守りは薄くなっている。実際の腕力はないが、天下の絵師伊藤若冲として知られている枡屋源左衛門の影響力は大きい。それがわかっているからこそ枡屋源左衛門は毎日顔を出していた。

「某はんが……」

「それはあかんな」

無体を仕掛けようものなら、南禅寺、妙心寺、東寺などの名刹、高位の公家、代々の豪商などが動く。

「おおきに。これはお手をわずらわせましたお詫びで」

扇子に絵でも描けばすむ。

京の住人はもとより、少し頭の回る者は枡屋源左衛門と敵対はしない。

それはまともでない者には効果がないということでもあった。

「しかし、ちと人出が足らんな」

枡屋源左衛門が微笑みを消した。

念のためにと鷹矢が京で召し抱えた財部（たからべ）を残していっているが、一人ではすべてを守り抜くのは難しい。

「せめてあと一人欲しいところでんなあ」

枡屋源左衛門は顔が広い。だからといって、すぐにふさわしい人物が見つかるわけではなかった。

「さすがに数で来る馬鹿はおらんやろうけど……」

禁裏付役屋敷は京都所司代ほどではないが、幕府の出城（でじろ）のようなものだ。もし、そこを襲うようなまねをすれば、京都町奉行所が黙っていない。もちろん、京都所司代も同じである。

たとえ鷹矢のことを嫌っていようとも、これは話が違う。禁裏付役屋敷に異変があれば、最終の責任は京都所司代に行き、犯人次第では京都町奉行も咎められる。

一応、百万遍の禁裏付役屋敷の主は留守にしているため、暴漢に幕府役人が殺されることにはならないが、京都所司代の戸田因幡守（とだいなばのかみ）を含む東西町奉行の三人は罷免のうえ、謹慎くらいにはなる。

譜代大名にとっての京都所司代、旗本にとって京都町奉行は、ほとんど上がり役になる。もちろん上を見ればまだあるが、ここまで来て躓けば二度と復帰はできない。

上を目指す者にとって、これは大きな痛手であった。

「所司代はんと町奉行はんの見張りは付いているようやけど……間に合わへんわなあ」

見張りの役目は異常があったときの報せであり、独自の判断で防衛に加わってくれることはない。それは本来の役目を逸脱することになる。

たとえ、そのおかげで禁裏付役屋敷に残っている弓江や温子、枡屋源左衛門らが助かったとしても、見張り役の手柄にはならなかった。

本隊へ報告し、援軍の可否を主君に判断させるべき見張り役が、ことをすませてから戻ってくるようでは、算段が狂う。

「恩を売るはずであったものを……」

形勢を見極め、危なくなったところで助けに入り、恩を大きく売る。こう考えていたのが、見張り役への感謝だけになってしまう。

「釘刺されてるやろうしなあ」

枡屋源左衛門が天を仰いだ。

「険しい顔をしておられるの」

屋敷の周囲を見て回った財部が戻ってきた。

「どないでした」

結果を枡屋源左衛門が尋ねた。

「見張りが五人というところか」

「五人……中途半端な」

聞いた枡屋源左衛門が困惑した。

普通見張りは一人でおこなわなかった。一人では、厠（かわや）や食事などで離れることもできなくなるし、なにより報告へ行った隙にあった変化を確認できない。

襲われた者が籠城して抵抗してくれれば、あまり問題はでないが、もしどこかへ逃げ出したりしたとき、誰か残っていないと追跡が困難になる。

「二組と一人なのか、三人と二人なのか」

「五組ということもありましょう」

枡屋源左衛門の独り言に、財部が口を出した。

「五組……所司代はんと東西町奉行はんで三組。あとの二組はどこの」

「守る側ではないでしょうなあ」

疑問を述べた枡屋源左衛門に、財部が嘆息した。

「二組の敵か」

「そう願います。もし、五組とも敵だったら、目もあてられませぬ」

財部が苦笑した。

「今時、東城はんの留守を狙う者か……誰やと思う」

「……一つは桐屋でしょう。もう一つは二条さま」

「二条さまはないと思う。もう人を雇うだけの金がないはず」

問いに答えた財部に、枡屋源左衛門が異議を出した。

「となると余計に面倒になりますなあ。砂屋の残党、指月（さしづき）の残党」

砂屋は京で刺客業を営んでいたもと侍従の地位にあった公家、指月は桐屋利兵衛に雇われていた大坂の無頼浪人である。どちらも郎党ともども鷹矢たちによって潰されていた。

「あの手の輩が親分の仇討ちなんぞしますかな」

「仇討ちはないでしょう」

財部が首を左右に振った。

「ほな、なんで」

「親分を討った者を倒し、縄張りの継承を宣言するため」

「なるほど。親分の仇を取った功績で、周囲を黙らせる。太閤秀吉はんとおなじですなあ。本能寺の変で主君織田公を襲殺した明智日向守はんを討ち果たし、そこから一気に天下人にならはった」

枡屋源右衛門が納得した。

「まあ、そいつらは気にするほどではないでしょう。すんなり縄張りを受け継げるだけの力があったなら、わざわざ禁裏付という幕府役人に手出しをする危険は犯しませぬ」

「危ない橋を渡らなければならないほど、足下が弱い。そこで馬鹿をする」

「さようでござる。当たり前ですが、そんな危うい者に付いてくる者はうまくいってからの利に誘われただけ。少しでも負けそうだと思ったら逃げ出しまする」

「馬鹿でも命は惜しい」

「はい」

枡屋源右衛門の結論に財部がうなずいた。

「残るは伊勢守はんですな」

土岐から枡屋源左衛門は黒田伊勢守が浪に手出しをしようとしていたことを聞いていた。

「やはり……敵は桐屋と黒田伊勢守はん」

小さく息を吐いた枡屋源左衛門が瞑目(めいもく)した。

二

祝い事は午前中にという慣習がいつできたかは、わかっていない。

気の短かった五代将軍綱吉の御世だとか、もっと古く平安のころだとか、いろいろ言われてはいるが、慣習となってしまえば起源は忘れられる。

なぜそうなのかがわからない慣習はいくつもあるが、ずっと遵守(じゅんしゅ)されてきていた。

「禁裏付東城典膳正でござる。上様のお召しにより、登城いたした」

大手門をくぐり、中御門を経て玄関にいたった鷹矢が式台に控えているお城坊主に名前と用件を伝えた。

「承りましてございまする」

お城坊主の一人が応じた。

「本日、お供を仕りまする、同朋衆坂村雀庵でございまする」

「よしなに願う」

名乗ったお城坊主に、鷹矢は白扇を取り出して手渡した。

財布に用のない城中では、白扇が金代わりとして通用している。家格や役職、家禄などで金額は変わるが、白扇をくれた者の屋敷へ持っていけば、相応の金に換えてくれた。

「……かたじけなく」

ほんの少し白扇を開き、なかに書かれている金額と鷹矢の花押をちらと確認した坂村雀庵が満足そうな顔をした。

「どうぞ、こちらへ」

坂村雀庵の案内で、鷹矢は御殿を進んだ。

「こちらが本日伝達の儀がおこなわれまする黒書院でございまする」

「拙者はどこに」

「下段の間の中央より半身下がったところでお控えを」

鷹矢の問いに坂村雀庵が指さした。

「着替えはどこで」

「こちらをお使いくださいませ」

訊いた鷹矢に坂村雀庵が、黒書院手前の小座敷を開放した。

典膳正は従五位になる。装束は浅黄（あさぎ）色の袍（ほう）を身につけなければならなかった。

とはいえ、屋敷から袍を着て出てくるわけにもいかない。歩きにくいというほどではないが、指先まで隠れる袍、袴よりも横の広がっている指貫（さしぬき）は邪魔になる。

なによりそれを身につけて窮屈な駕籠に乗れば、あちこちに不要のしわができる。しわだらけの装束なぞ、恥を掻きに来たようなものである。

裃（かみしも）で登城し、なかで着替えるのが、こういった場合の常識であった。

「お手伝いを」

白扇に書かれていた心付けの額が十分だったのか、坂村雀庵が着替えも手伝ってくれた。

「助かってござる」

着替えを終えた鷹矢が坂村雀庵に礼を述べた。

お城坊主は江戸城のどこにでもいる。わずか二十俵の同朋衆から二百俵の数寄屋坊主頭まで多岐にわたるが、そうじて家禄は少ない。

その足りないぶんを埋めるため、お城坊主たちは大名や役人の世話を焼き、心付けをねだるのだ。

となれば、心付けの金額で扱いは変わる。

「そなたらの役目であろう。それで心付けを寄こせなど、御上をないがしろにするも同然じゃ」

「では」

出さないと言った者にはお城坊主は近づかなくなる。

「おいっ」

呼んでも聞こえないふりをする。無理矢理命じられたときは、わざと遅らせる。やがて、それは金を出さなかった者の失策になる。

「四つ（午前十時ごろ）までに書付を出せと申したはずじゃ」

「たしかにお城坊主に刻限前に渡しましてございまする」

「届いたかどうかの確認をするのも、そなたの役目じゃ。役立たずが」

書付が遅れた責任は本人に来る。

「ではそのように」

お城坊主の満足できない金額だと、言われたことはするがそれ以上は何一つ手を貸さない。

「このように……」

十分な金を出せば、お城坊主の態度が変わる。

目付や高家などに叱られぬよう、しっかりと助言をしてくれる。

「このようなお話が」

他にも城中の噂（うわさ）や、新しく出される法度（はっと）などの情報を漏らしてくれたりする。お手伝い普請などの負担を避けたい大名や、望まぬ役目に就かされそうな旗本にとって、この効果は大きい。

「なにとぞ……」

「よしなに」

老中などへ挨拶をするなどの根回しをする時間が取れる。

金を含め対応をていねいにするなど、お城坊主の機嫌は取っておくべきであった。

「本日、上様がご臨席なさるだけでなく、御自ら目録を下しおかれるそうでございまする」

お城坊主がささやいた。

「上様が直々(じきじき)に……」

鷹矢が絶句した。

目録とは今回の加増で東城家に与えられる知行について示したものだ。目録は通常、陪席している老中、あるいは奏者番が代理として手渡す。将軍が直接というのは、まずありえない厚遇であった。

「ご存じではございましょうが、上様がお招きになられても三度畏れ入ってくださいますよう」

坂村雀庵が注意を与えた。

畏れ入るとは、ご威光がまぶしすぎて、とても近づけませんと、その場で平伏したまま身を揺することである。動こうとしても動けない振りをして、将軍への敬意を示す。

「それでもお召しが続いた場合、目を落としたまま、腰をかがめた姿勢で上段の間と下段の間の境、下段側中央まで進み、そこでもう一度平伏をなさってください」

「承知」

「その後、もし上様が直々に御座を立たれ、目録をお授けになられたならば、決して、決して顔を上げず、両手を頭のあたりに捧げるようにして、盆を置かれるまでお待ちなさいますよう」

目録をそのまま渡されることはない。内容を読み上げた後、もう一度折りたたんで小さな文箱代わりの盆の上に戻され、その後下げ渡される。

「受け取った後はいかがいたせば」

「そのままの姿勢で、もとの位置まで膝でお下がりを」

「まっすぐ下がれようか」

後ろを見ずに下がるとずれるのではないかと、鷹矢が危惧した。

「そういった場合は、畳の目を見ながらゆっくりお下がりになることでまっすぐを保てましょう。あともとの場所の目印は畳の縁（へり）をお使いになれば。最初に黒書院に入られ、座を決めた後上様がお出でになられるまでの間に、畳の縁の数や、目の流れをご確認くだされば」

懇切に坂村雀庵が目通りのこつを教えてくれた。

「助かり申した。用人にお名前を伝えておきまする」

十二分の手助けだと感謝した鷹矢が、白扇に色をつけると暗に言った。

「それはありがとうございまする」

悟った坂村雀庵が喜んだ。

「そういえば、ご陪席は越中守さまだとか」

「まことでござるか」

通常陪席は月番老中が務める。まれに一門だとか、かかわりのある者だとかで、贔屓（ひい）き（き）との評を避けるため、陪席が交代することもあるが、そうそうあることではなかった。

「はい」

確かめた鷹矢に、坂村雀庵が首肯した。

「心いたしまする」

鷹矢が緊張した。

「そろそろ廊下にてお控えを。わたくしはここでお目通りが終わるのをお待ちいたしまする」

着替えと玄関までの付き添いが残っている。坂村雀庵が告げた。

「お願いをいたしまする」

もう一度頭を少し下げて、鷹矢は黒書院外の廊下へと移動した。

目通りの四つ半より前に奏者番が現れた。

「東城典膳正であるか」

奏者番が確認を取った。

譜代大名出世の第一歩が奏者番である。もっとも初役としては詰衆（つめしゅう）という扱いは無役ながら、将軍御座に近い雁間（かりのま）に詰め、万一に備えるというものがある。しかし、これは無役の扱いであり、正確には雁間に詰める衆という意味でしかなかった。奏者番はその名前の通り、将軍へ目通りをする者、献上されるもののお披露目をおこなうのが役目である。

当然、三百近い大名、数千に及ぶ旗本の名前、官職、経歴、先祖の功績などを理解していなければならず、言い間違いなどすれば進退伺いを出し、謹慎しなければならない厳しい役目である。ここで数年、無事に過ごせば、寺社奉行を兼任し、そこから若年寄、側用人へとあがっていく。

ようは譜代大名でも俊英と呼ばれる者が奏者番にあがっていく。

「さようでございまする」

「うむ……装束も問題なしじゃの。さすがは朝廷に出入りする禁裏付だけのことはある」

うなずいた鷹矢を隅々まで見て、奏者番が認めた。

「本日は上様がご臨席になられる。心しておくように」

「伺ってはおりまするが、なにぶんにも初めてでございますれば、よろしくお導きのほどをお願い申しあげまする」

「殊勝であるな。おぬしの奏者番を務めるのだ。なにかあれば、余の責にもなる。できるだけの手助けはいたすゆえな。心配せずともよいぞ」

頭を垂れた鷹矢に、奏者番が満足そうに首を縦に振った。

「東城典膳正」

そこへ黒麻の裃という独特の格好の目付が来た。

「いかにも東城典膳正でござる」

禁裏付は朝廷目付でもある。同じ目付役同士、あまりへりくだるのはよろしくない。鷹矢が奏者番へのものとは違った口調で応じた。

「心せよ」

目付も釘を刺した。

「では、刻限である。座に付け」

「はっ」

奏者番の指示で鷹矢は、坂村雀庵に教えられた場所へ腰を下ろした。

将軍の出座は、すべての者がそろってからになる。

「老中首座松平越中守さま」

奏者番が声を出し、合わせるように松平定信が黒書院下段の間と上段の境目、鷹矢から見て右手に座った。

「…………」

鷹矢は松平定信の目がこちらに向いていないことに気づいた。

「覇気もない」

堂々としている松平定信は、普段から辺りを圧するだけの覇気を醸し出している。それがまったく感じられなかった。

「上様、お成りである。皆の者、控えよ」

先触れの小姓が、上段の間の下段に近い襖を開けて叫んだ。

「はっ」

鷹矢は額を畳に押しつけた。

松平定信の態度のことなど、消し飛んだ。

「…………」

衣擦れの音がして、人の気配が上段の間に生まれた。

「禁裏付東城典膳正は出ておるか」

「これに控えております る」

家斉の問いに奏者番が答えた。

「典膳正、面をあげてよい」

「ははあ」

家斉の指図に、鷹矢が大仰に応じた。

うつむいたまま普通の声を出したのでは届かないと確信できるほど、鷹矢と家斉の間は離れている。

「名乗りを許す」

「畏れ入りまする。旗本東城典膳正鷹矢めにございまする」

将軍から名前を問われるのは名誉なことであった。

「鷹矢か。鷹は鳥の鷹か」

「さようでございまする」

目通りできる家格のため、直答は許される。鷹矢がうなずいた。

「鷹か。よいな、鷹は。躬も鷹は雄々しくて好きじゃ」

「……………」

己の名前のことだけに、なんとも応えようはなかった。

「気に入った。鷹矢と呼ぶことにする」

「上様っ」

諱を呼ぶというのは、寵臣の証でもある。見逃せないと松平定信が声を出した。

「意見は聞かぬ」

冷たく家斉が、諫言をするなと命じた。

「……………」

松平定信が黙った。

「吾一人のことだとはいえ、すぐに折れた」

鷹矢が口のなかでつぶやいた。

「よいな、鷹矢」

「畏れ多いことでございまする」

それ以外に口にできる言葉はなかった。

「うむ。鷹矢は禁裏付だそうじゃの。禁裏はどうじゃ」

「なかなかに難しいところと存じまする」

「典膳正」

家斉の問いに答えた鷹矢を松平定信がにらんできた。

「なにが難しい」

「公家衆の本心が見えませぬ」

さらに訊かれた鷹矢が述べた。

「公家の本心だと……そんなものあるわけなかろう」

家斉が手を叩いて笑った。

「………」

「ああ、久しぶりに面白いことであった」

皆が待つ間、十分に家斉が笑った。

「禁裏付はたいへんらしいの」

「わたくしの力不足でございまする」

慰めてくれた家斉に、鷹矢が謙遜(けんそん)した。

「なにを申しておるかの。そちの功は聞き及んでおるぞ」

「上様、なにを」

言った家斉に、松平定信が驚愕した。

「墜(お)ちた公家を排除し、朝廷に巣くう悪を滅ぼしたとも、禁裏付役屋敷を襲った愚かな者どもを打ち負かしたとも」

「そのようなことを、どこから」

家斉の語りに松平定信が、鷹矢をにらみながら尋ねた。

「戸田因幡守じゃ。因幡守がおもしろい旗本がおると、そのしでかしたことを教えてくれたのよ。どうかしたか、越中」

「…………」

京都所司代が将軍へ書状を送る。珍しいことだが、板倉周防守重昌（いたくらすおうのかみしげまさ）のころまでは、よくあった。昨今は老中へなにかあれば報せ、そこで将軍に報告するかどうかを決めていたが、前例があれば、文句は言えなかった。なにより板倉周防守は松平定信の政敵なのだ。

「で、鷹矢。そなたはどう思う。これからどのように朝廷を扱うべきか」

「そのような重きこと、典膳正風情では……」

「越中、徒目付とはなんだ。躬はよく知らぬのだが」

「…………」

話題を止めようとした松平定信を家斉が遮った。

松平定信が黙った。

「黙っておれ」

不意に家斉の声音が変わった。

「鷹矢、申せ」

「よろしゅうございましょうか。私見でございまするが」

命じられた鷹矢が、伺った。

「躬が許す」

家斉がうなずいた。

これでこの場の誰も意見を挟めなくなった。

「では……」

鷹矢が背筋を伸ばした。

三

一度大きく息を吸って、ゆっくり吐いた鷹矢が、口を開いた。

「朝廷はいずれ天下の覇権を取り戻したいと考えておりまする」

「なっ」

「馬鹿なっ」

陪席していた奏者番と目付が驚きの声を漏らした。

「うるさいぞ」

家斉が二人を叱った。

「どういうことじゃ。さすがに聞き捨てならぬぞ」

顔を鷹矢へ向け直した家斉が真顔で言った。

「上様、畏れながら、お口止めを願いたく」

「言うまでもないことだが。そなたらこれからの話を一切漏らすな。もし、怪しげな噂でも立てば、そなたらの仕業と見なし、死罪とする」

鷹矢の願いに家斉が応じた。

しかも切腹という家を残せる唯一の償いの手段も認めないと、強く命じた。

「わかりましてございまする」

「決して」

奏者番と目付が誓った。

聞きたくないと黒書院を離れるという手段もあるが、それを二人は取らなかった。ここで逃げれば、まず気弱、あるいは肚なしとして、未来はなくなるからであった。

「越中、そなたもぞ」

「重々承知いたしておりまする」

念を押した家斉に松平定信が頭を垂れた。

排除したいと家斉の考えが透けて見えているのだ。なにかあれば家斉は喜んで松平定信を躊躇（ちゅうちょ）なく追放する。

「これでよいか、鷹矢」

「お手数をおかけいたしましたこと、お詫び申しあげまする」

鷹矢が手を突いて、謝意を示した。

「では、続けよ」

「はっ」

促された鷹矢がもう一度姿勢を正した。

「嘘や偽り、作り話ではございませぬ。わたくしは二度今上さまにお目通りをいただきましてございまする」

「ほうっ」

家斉が目を大きくし、松平定信が声をあげた。

「なんだとっ」

「そなた、そのような重要なことを余に黙っていたな」

松平定信が怒った。

「わかっておれば……」

光格天皇に会う。一度ならずも二度である。一度目の後報告を受けていれば、次には大御所称号のことを直接頼めたのにと、松平定信は憤慨した。

「主上とどのような話をしたのじゃ」

家斉が興味を見せた。

「太上天皇号と大御所称号についてお話しを伺いましてございまする」

「主上はなんと仰せであった」

「ならぬぞ、典膳正。口を閉じよ」

訊いた家斉に対し、松平定信が禁じた。

「出ていけ、越中」

　家斉が命じた。

「いえ、その御諚は聞けませぬ。これは御上の執政たる者が知らねばならぬことでございまする」

「なれば、誰ぞ、他の老中を呼んで参れ」

　松平定信の求めを家斉は切って落とした。

「余人に報せるだけでございまする」

「邪魔されるよりましじゃわ」

「ですが、このことはかなり難しい話でございまする。このような場所でいたすものではありませぬ」

　機嫌の悪くなった家斉に、松平定信はさらに言い募（つの）った。

「そうか。ここでなければよいのだな。鷹矢、付いて参れ。お休息の間で話を聞こう」

「なりませぬ。お休息の間には、許された者しか入れませぬ。堀田筑前守の教訓でございまする」

堀田筑前守は五代将軍綱吉の大老であった。その堀田筑前守が、御用部屋を出たところで一門の稲葉石見守の刃傷を受けた。

当時、御用部屋の隣が将軍御座の間であったことで、綱吉の身の安全を確保するため、将軍は御座の間から、より中奥に入りこんだお休息の間へと移ったという経緯があった。

「許された者だと」

「はい。小姓番、小納戸、側役、側用人、御側御用取次、そして執政といった役人衆、御三家、御三卿というお身内衆だけがお休息の間に……」

「ごまかすな。躬が呼んだ者も入れるであろうが。でなければ、躬が勘定奉行や町奉行から話を聞けぬではないか」

家斉は松平定信の姑息さを叱りつけた。

「禁裏付を呼ばれた前例はございませぬ」

松平定信は続けた。

「そうか。ならば、鷹矢。そなた今より小姓番をいたせ。これでよいな、越中」

「無茶を仰せになられてはなりませぬ。小姓番は名門旗本のなかでも忠誠厚き者を選び、さらに身辺をよく調べて任じるもの」

「旗本は躬の家臣である。躬がどうしようとそなたの口出しは受けぬ」

「……わかりましてございまする」

それ以上はまずい。家斉の顔色はあきらかに変わっている。

十五歳で十一代将軍になり、数年経っているとはいえ、まだ家斉は若い。それも御三卿の一つ一橋家で生まれ、九歳で将軍世子として江戸城西の丸の主になったということからもわかるように、家斉は頭を押さえつけられた経験がない。

つまり、家斉は我慢が強くないのだ。怒らせれば、この場で松平定信を罷免しかねなかった。

「付いて参れ」

「お待ちを」

「なんじゃ、越中。まだ言いたいのか」

「いえ。わたくしもお供を」

「ならぬ。そなたは天下のことで忙しいのだろう」

日頃松平定信が口にしている言葉を家斉が逆手に取った。

「いえ、これこそ天下の大事でございまする」

松平定信は喰いついたまま離そうとはしなかった。

過去、徳川家康、秀忠、家光は、上洛して天皇に拝謁(はいえつ)している。もちろん、家康は天下をまとめた実力者として、秀忠は後水尾(ごみずのお)天皇の中宮(ちゅうぐう)の父として、家光はその中宮の兄として、天皇と言葉を交わしている。さらにそのあたりまでの京都所司代のなかにも、ときの天皇に上申という名で会話を交わした者はいる。

だが、それ以降、将軍が上洛しなくなったこともあり、武家で天皇と直接話をした者はいない。京都所司代も赴任と離任のときに挨拶にいくが、「励め」「大儀」という言葉を賜るだけで、とても語り合ったとはいえないのだ。

そこに親しく光格天皇と話をしたと鷹矢が申告してきた。

まさに幕府を揺るがすほどの驚きであった。

「せめて、ここでお話しをいただきたく」

松平定信が願った。

「そなたが遮ったというのはわかっておるな」

「……はい」

家斉に皮肉を言われた松平定信が苦い顔をしながらも、頭をさげた。

「鷹矢、どういたす」

「お心のままに」

家臣としてはそう返すしかない。鷹矢は家斉に任せた。

「では、動くのも面倒ゆえ、ここでいたそう。休息の間へ戻ってとなれば、小姓や小納戸を排除せねばならぬでな」

「上様、お願いが」

家斉がここでと決断したところで、奏者番が恐る恐る口を開いた。

「なんじゃ。そなたも苦情を申すか」

きっと家斉が奏者番をにらみつけた。

「いえ、お願いいたしまする。なにとぞ、わたくしめの退出をお許しくださいますよう」

そんな怖ろしい話を聞きたくないと奏者番が、泣きそうな顔で懇願した。

「わ、わたくしも」

「おなじく、わたくしも退出を」

謹厳実直、秋霜烈日(しゅうそうれいじつ)を旨とする目付が震えながら、小姓も怯(おび)えながら同調した。

「情けない……いざとなれば、腹を切るくらいの覚悟はないのか」

家斉が嘆息した。

「いたしかたない。たしかにことがことゆえ、許す。ただし……」

「承知いたしておりまする」

「決して」

最後まで言わなかった家斉に、奏者番たちが首を何度も上下させて、そそくさと出ていった。

「今、ほんの少しだが、幕府の未来(さき)に懸念を覚えたわ」

家斉が嘆息した。

「さて、気を取り直して聞こうぞ」

「はっ」

話せと言われた鷹矢が首肯して、語り始めた。

「一度目のお召しを受けて、御所のお庭でお目通りをいただいたとき、主上は幕府から願いのあった大御所称号について、決して許さぬと仰せでございました」

「なぜじゃ。大御所称号を認めていただけば、朝廷に相応の礼をすると約束したはずだが……越中、そなた」

家斉が途中で気付いた。

「御上の財政が穏やかならざるときでございまする。大御所称号がいかに大きなものでありましょうとも、朝廷領加増をいたすほどではございませぬ」

松平定信が淡々と応じた。

「こやつっ」

礼もなしに要求だけすれば、断られて当然であった。

「礼なしに要求だけいたしたのは、朝廷に倣っただけでございまする」

平然と松平定信が付け加え得た。

朝廷は幕府になにをしてくれ、これを頼むと絶えず言ってきている。

「では、そのように」

言うとおりに金を出し、人を出しても、

「主上もご満足なされておられる」

その一言で終わる。

よくて位階を一つあげてくれるかどうかというところなのだ。松平定信が礼を約束しなかったのも無理はない。

「ふざけるな。そなたは躬の……」

「上様、しばしお待ちを。続きをお聞きになっていただきたく」

口論し始めた家斉と松平定信の間に、鷹矢が割って入った。

「続き……そうであったな」

家斉が少し落ち着いた。

「主上のお怒りは、ただ一つ。孝心から出た閑院宮さまへ太上天皇号をという願いを、御上が一蹴したところでございました」

「またもおまえか、越中」

「典膳正、きさま偽りを申しておろう。主上がそのようなことを仰せになるとは思えぬ。そなた戸田因幡守に懐柔されたな。余を失脚させるために、そのような捏造をいたしておるな。そもそもそなたのような軽輩が主上とお話しできるはずがない」

あきれはてたといった家斉の眼差しを避けて、松平定信が鷹矢を罵った。

「…………」

松平定信を無視して、鷹矢は家斉を見つめた。

「続きを」

家斉がうなずいた。

「上様、作り話を信じられまするな」

「主上は、朕をないがしろにしておいての願いなど論外であると。そして、朕がこの世にある限り、どのような詫びがあろうとも大御所のことは認めぬ。これは綸言だと」

綸言は汗の如しという言い回しがある。一度出た汗をもう一度身体に戻すことはできないように、天子の発した言葉は覆らないという意味であった。

「綸言と仰せられたか」

「はい」

「典膳正、口を閉じよ」

無視された松平定信が声を張りあげた。

「残念だが、主上の勅となればいたしかたなし」

家斉が父一橋治済に大御所号を贈るのをあきらめた。

「主上は幕府とのことをどう仰せであった」

「上様っ、それ以上はお止めいただきまする」

ついに松平定信は立ちあがって家斉を制止しようとした。

「主上はただ天下の平穏を願っておられました」

「御自ら親政をとはお考えでないと」

「御所より出られぬ朕に天下のことはわからぬと」

確かめた家斉に、鷹矢が告げた。

「なんとご英邁な……」

家斉が感嘆した。

「躬も見習わねばならぬ」

「上様がお城を出られるのは寛永寺、増上寺、日光への参拝。あとは鷹狩りだけでございまする。それでもどれだけの者が動かねばならぬか。それでいて、上様が民の様子を見られることは、警固のことから認められませぬ。費えだけがかかり、まさに無駄でしかございませぬ」

「御身大事でございますれば、軽々にお出歩きになられるべきではないかと存じまする」

呟くように言った家斉に、松平定信が費用の点から、鷹矢は家斉の安全から苦言を呈した。

「そうか、躬が城を出るとなれば旗本どもが動くか。不便なものよな、将軍というのは。天下のことを何も知らぬで政を差配せねばならぬ」

「おわかりいただけましたか」

嘆息した家斉に、松平定信が安堵して、腰を落とした。

「お気になさらず。御老中方もおわかりではございませぬ。米が一升でいくらも知らず、民が一日働いていくら稼げるかも知らずに政をなさっておられますれば」

「………」

「それもそうじゃの。大名が城下でものを買うなど聞いたこともないわ」

鷹矢の痛烈な嫌味に松平定信が憤慨の余り言葉を失い、家斉が楽しそうに同意した。

「躬は城を出られぬ。執政どもは実際を知らぬ。さて、これでどうやればよき政ができる」

「わかりませぬ。わたくしは政を考えるだけの立場にございませぬ。ただ……」

尋ねた家斉に経験がないと言いつつ、鷹矢がためらった。

「咎めぬ。申してみよ」

「そなたごときが政をかたるなど、僭越であるぞ。控えよ、典膳正」

家斉の許しに、松平定信が鷹矢の口を封じようとした。

「上様のお問い合わせでございますれば……政はあまねく等しくあるべきかと」

「あまねく等しくか。それは武士だとか商人だとかはかかわりなくだな」

「はい」

念を押した家斉に、鷹矢が首肯した。

「なぜそう思った」

「上様は闇をご存じであらせられまするか」

鷹矢が家斉に問うた。

「ならぬ、ならぬぞ。それだけはならぬ」

松平定信が顔色変えて鷹矢に詰め寄った。

四

「抑えても」

脂汗を流して迫る松平定信を見た鷹矢は、家斉に願った。

「かまわぬ」

家斉が認めた。

「典膳正」

「……御免」

つかみかかってきた松平定信の腕を鷹矢は逆にきめた。

「痛い、痛い。離せ。無礼者。このままではすまさぬぞ」

松平定信が叫んだ。

「黙れ、越中。そなた躬の面前で旗本につかみかかるなど、それこそ無礼であろうが。よく、その短気で政を担おうと思っておることよ。ふさわしくないと思わぬのか」

「上様……」

厳しく糾弾された松平定信が、鷹矢から家斉へと顔を向けた。

「いかように仰せられましても、このことばかりはお耳に入れるわけには参りませぬ」

松平定信がきめられた肩の痛みに顔をゆがめながらも主張した。

「それでも天下のことであろうが。ならば、将軍として知るべきである」

「いけませぬ。世のなかには知らぬほうがよいこともございまする」

「越中、そなた躬が世を知ることを恐れておろう。飾りに頭は要らぬと」

「そのようなことはございませぬ。ただ、要らざるものを知り、無駄に苦しまずともよいかと」

「戯けが。将軍はこの国すべてに責を負う。闇もまたこの国のものであるぞ」

家斉が松平定信を怒鳴りつけた。

「あの……」

緊迫した場に、似つかわしくない声がかけられた。

「坂村どの」

「何者か」

鷹矢が驚き、家斉が誰何した。

「同朋衆にございまする……えっ、上様」

ようやく坂村雀庵が家斉に気づいた。

「なぜ、同朋衆がここに」

「畏れながら、上様。この者は、本日のお目通りの世話をしてくれておりまする」

鷹矢が坂村雀庵に代わって答えた。

「直答を許す」

「同朋衆の坂村雀庵と申しまする。本日は東城典膳正さまのお目通りを円滑に進めるお手伝いをいたしておりまする」

家斉の許可という強制に坂村雀庵が平伏した。

「その同朋衆がなぜ黒書院に……」

「お奏者番さま、お目付さまが出られたというに、典膳正さまがまだお見えになりませぬので、なにか戸惑っておられるのではないかと」

坂村雀庵が述べた。

「なるほどの。見ての通り、まだしばしかかる。ふむ。ちょうどよい。坊主」

「はっ」

家斉が坂村雀庵に笑いかけた。

「…………」

「喉が渇いた。茶を持て。皆にもな」

震えながら下命を待っている坂村雀庵に、家斉が言った。

「わたくしめが、上様に献茶を……」

「誰が入れようが、茶は茶じゃ」

息を呑んだ坂村雀庵に家斉が手を振った。

「た、ただいま」

坂村雀庵が小走りに、黒書院に付属している溜という小部屋へ向かった。

「さて、今のうちに申せ」

「畏れ入りましてございまする」

「このような……」

用を言いつけることで坂村雀庵を遠ざけた家斉に、鷹矢は感服し、松平定信が唖然となった。

「不思議か。躬が気の回ることに驚いたか、越中。愚かよな」

　家斉が嘆息した。

「…………」

「わからぬか。そなたも躬も御三卿の出ということよ。御三卿は将軍家を継ぐために創設された。ゆえに御三家のように領地を持たぬ。領地があれば、どうしてもそちらに傾注せねばならぬからの。しかし、領地がなければ、そのすべてをかけられる。いつ将軍になってもよいようにとの勉学にな。つまり、そなたと躬は同じことを学んできたのだ」

「そんなはずは……」

「一人で悩んでおれ。現実を見られぬ輩め。鷹矢、闇のことを申せ」

　家斉が松平定信を見捨てた。

「闇はどこにもございまする。そして闇は光が強くなるほど濃くなりまする。そして闇は光に対し不満がある者のたまり場でもございまする」

「光は幕府だな。幕府に対する不満がたまっていると」

「はい。不満を持つ者は、公家にも大名にも、旗本にも、民にもおりまする」

「むっ。旗本にも幕府へ不満がある者がおると」

家斉が眉間にしわを寄せた。

「さようでございまする。旗本でも微禄の者はものの値があがったことで貧しておりまする」

「禄が足りぬと。足りぬほどの禄ではないはずだが。扶持もある」

鷹矢の言葉に家斉が首をかしげた。

「たしかに喰うだけならば、なんとかなりましょう。よほど家族が多くなければ。問題は喰うだけではございませぬ。人は生きるに米だけでなく、菜や汁などの食べもの、衣服などの着るもの、家屋などの住む場所が要りまする。諸色高騰のおりから、微禄ではこれらを賄えませぬ」

「それは贅沢をするからじゃ。米と漬物だけでも人は生きられる。衣服など木綿ものを大事に使えば十年以上保つ。それに余は諸色を下げさせようと倹約を天下に命じておる」

松平定信が気を取り直した。

「倹約でものが売れなくなれば、それらを作る職人、売り買いで利を得る商人が困りましょう」

「ふん。国の根幹は武士じゃ。職人が困るならば、百姓をすればいい。商人など右から左にものを移すだけで金をむさぼる、働かざる者である。そのような者のことなど考えずともよい」

鷹矢の反論に松平定信が胸を張った。

「その不満が闇を濃くするとおわかりでしょうに」

「闇など、武力で蹴散らせばよい」

「上様」

鷹矢は松平定信の相手を止めた。昨日、土岐から京の闇の恐ろしさを刻まれたばかりだというのに、強気を見せつけてくる。家斉の前で退けばもう後がないと考えたのだろう。もう、話し合える状況ではなかった。

「禁裏付を拝命したことで、京の闇を知りましてございまする」

名前を出さず、鷹矢は土岐のことを語った。

「どこにも闇に染まった者はおり、すでに幕府への恨みを抱いているか」

家斉が難しい顔をした。

「鷹矢、そなた幕府の、徳川の寿命をどう見ている」

「それは……」

さすがに軽々しく口にできるものではなかった。

「ここだけの話じゃ。決して咎めぬ」

家斉がふたたび問うた。

「言うな。言うな」

まだ腕を逆にされている松平定信が脂汗を流しながら、鷹矢を牽制した。

「締め落とせ」

冷たく家斉が鷹矢に命じた。

「いくらご命とはいえ、老中首座さまの首を絞めるわけには……」

鷹矢がためらった。

「ならば、越中。そなたを老中から罷免する。ならば締め落とせるな」

「遠慮なく」

今までの恨みもある。鷹矢がすぐに首を縦に振った。

「……お待ちを、もう、黙りまするゆえ」

家斉の沙汰に松平定信が頭を垂れた。

「やむを得ぬ。さすがに黒書院で老中首座が気を失うのはまずい」

少し残念そうに家斉が言った。

「鷹矢」

「はい。このままでいけば、御上は三十年とは保たぬかと」

「三十年……まだ躬の世であるな」

鷹矢の推測に家斉が苦笑した。

「なれば、どうすればよいと思う。年貢を引き下げるか」

「百姓は喜びましょう。百姓に余力ができたことでものを売りつける商人も、その品を作る職人も仕事が増えて、満足いたしましょう。ですが、年貢が減ったことで収入の一部を失うことになる武家の不満は大きくなりまする」

「そうじゃの」

家斉が認めた。

「上様、発言をお許し願いたく」

訊かれたときには答えるのが当然である。しかし、こちらからなにかを問いかけたり、話したりするには、目上の許可が要る。

鷹矢が求めた。

「よい」

「神君家康さまが幕府を開かれてからおおよそ百八十年になりまする」

許しを得た鷹矢が語り出した。

「つまり、今はその百八十年の積み重ねでございまする。その溜まりに溜まったものを数年でほぐすのは無理がありすぎまする。それこそ、家の柱を補強するために、家ごと潰さなければならぬような状況になりましょう」

「一度潰して建て直せと」

「いいえ」

家斉の考えを鷹矢は否定した。

「ときをかければ、かならずや幕府は立ち直りましょう。上様がその端緒となられるのでございまする」

「延命に尽くせと申すのだな」

家斉が確かめるように訊いた。

「はい」

「やはり余のやり方は正しかった。改革こそ……」

「今の幕府は重病人でございまする」

歓呼の声をもらした松平定信を鷹矢は相手にしなかった。

「重き病に強き薬は、かえって命を縮めると聞いたことがございまする」

「越中のおこなっている政は強すぎると」

「はい。京で商家の者から聞きましてございまする。いきなりの禁制は、なんの準備もできないため、店が潰れると」

「たかが商家の百や二百、御上のためなれば……ぐっ」

話に口を挟んだ松平定信の手を鷹矢がひねった。

「鷹矢、そなた遠慮がないの」

家斉があきれた。

「上様とお話をさせていただく機会は二度とないかと思いまして」

「二度とないというわけではなかろうが、まあ、こうやって膝をつき合わせて話をすることは難しかろう」

鷹矢の言いわけを家斉が認めた。

「では、どうやって延命を図る」

家斉が表情を引き締めた。

「これは公家衆を見て感じたことでございまする。決して正しいとは申せませぬ」

「よいわ。それをおこなうかどうかは、躬が決断する」

責任はこちらにあると家斉が告げた。

「畏れ入りまする」

頭を下げて、鷹矢が家斉に敬意を表した。

「上様、幕府が倒れるとして、それは民の打ち壊しでしょうや、それとも百姓一揆でございましょうや」

「どちらも違うな。民も百姓もどちらも怒りで蜂起するだけで、互いに連絡を取ってということはせぬ。天草での乱が面倒になったのは、松倉や寺沢が愚かだったというのもあるが、なによりきりしたんという神の教えのもとに一つになれたというのが大きい」

鷹矢の尋ねに家斉が首を横に振った。

「商人らは百姓の苦境を救おうとはすまい。百姓たちは商人たちのために命を捨てぬ。ただ、別個に怒りを爆発させるだけ。なれば、各個撃破していけばすむ」

家斉が述べた。

「では、どうなれば、天下は揺らぎましょう」

鷹矢が続けて問うた。

「やはり大名どもが連携して、江戸へ攻めてくることだな。なにせ民や百姓と違って、敵は武士だ。武器も鎌や竹槍ではなく、弓矢鉄炮も持っている。なにより、それらの扱いに精通している。戦術も使う。それらが大挙してくれば、徳川でも勝てまい」

「各地にはご一門や譜代の者がおりまする。決してそのようなことにはなりませぬ」

松平定信がまたも異論を唱えた。

「毛利が、伊達が、前田が途中にある譜代たちを放置してくるとでも。それらが江戸に来るころには、一門も譜代も消えておるわ」

家斉が松平定信を冷たい目で見た。

「…………」

松平定信が沈黙した。

「どうすれば、延命できる」

家斉が三度鷹矢に訊いた。

「おわかりでございましょう」

鷹矢がほほえんだ。

「なぜそう思う」

家斉も鷹矢の返しに頬を緩めた。

「島津家をさきほど除外なさいましたので」

「できるな、そなた」

鷹矢の答えに家斉が満足そうにうなずいた。

「御台所さまが島津家の出」

松平定信も気づいた。

家斉の正室は、島津家の姫であった。

幕府は将軍の正室を宮家あるいは五摂家から迎えていた。

もちろん、天下を取る前に嫁を迎えていた家康と秀忠、妻を娶(めと)る前に死んだ家継は別であるが、家光は鷹司(たかつかさ)家から、家綱は伏見宮(ふしみのみや)家から、綱吉は鷹司家から、家宣は近衛(このえ)家から、吉宗は伏見宮家から、家重も伏見宮家から、そして先代家治は閑院宮家からと、慣例が続いてきた。

では、なぜ家斉が島津家という外様から正室を迎えたかといえば、将軍世子となる前、一橋家にあったときに、島津家の姫と婚姻を約していたからであった。

「御台所さまに外様の娘では、いささか格が足らぬのではないか」

島津家という強大な外様が将軍の舅(しゅうと)、下手をすれば次代十二代将軍の外祖父になることを懸念した一門や執政から異論が出たが、幼くから共に過ごした篤姫(あつひめ)を気に入っていた家斉が破談を嫌い、先祖が近衛家の被官であったことを奇貨(きか)として、養子縁組をおこない、形だけとはいえ近衛家の姫として正室に迎えた。

「今、天下の外様が兵を挙げたところで、島津家は動かぬ。どころか、娘婿たる躬を援(たす)けるため、兵を出してくれよう」

家斉が自信を見せた。

「しかし、それでは島津の力が大きくなりすぎましょう」

「潰れるよりましじゃわ」

松平定信の危惧を家斉が一蹴した。

「鷹矢、そなた躬に子をたくさん作れと申すのだな。それを外様大名どものもとへ養子あるいは正室として送りこみ、身内にしてしまえと」

「はい」

正面から鷹矢は家斉の言葉を受け止めた。

「金がかかるの」

養子にせよ、嫁入りにせよ、持参金代わりの厩領、化粧領は要る。

「お止めくださいませ。とても保ちませぬ」

松平定信が幕府の財政が耐えられないと諫言した。

「滅亡までのときを稼ぐと思えば安かろう。その間に出した以上に利を図るのが執政の仕事であろう」

家斉が断じた。

「茶の用意が調いましてございまする」

見計らっていたように坂村雀庵が溜から現れた。

第五章　京に集う

一

安藤対馬守信成から命じられた布施孫左衛門は、駕籠を走らせて京へ急いだ。

「あ、あと二日か」

駕籠は疲れる。

人が担いで走るのだ。駕籠は前後左右上下に絶えず揺れる。そのままでは酔ってしまうし、なにより駕籠かきに負担がかかる。

なかの客は、駕籠の棒から垂れている太い布の紐を両手で摑んで、腰を浮かすように前傾し、重心を安定させなければならないのだ。

いかに自前で歩くよりましだとはいえ、腕の力だけでなく、全身を使うことになり、著しく体力を消耗した。

「殿さま」

供として付いてきている家士は、駕籠に付いてずっと走りづめである。荷物持ちの小者に至っては、蒼白になっている。

「明日は宮から桑名まで船じゃ。半日ほどじゃが休める。もう少しである。辛抱いたせ」

布施孫左衛門が家士と小者を諭した。

「はっ」

「へえ」

主に逆らえるわけもなく、二人が首肯した。

「早めに夕餉を摂り、湯をすませて、さっさと寝よう」

布施孫左衛門も限界であった。

「承知いたしましてございまする」

家士と小者が次の間へと下がっていった。

「まったく、この歳になってこれほどの苦労をせねばならぬとは……弓江め。そなたさえしっかりしていてくれれば……ええい、腹立たしい」

一人になった布施孫左衛門が娘弓江を罵った。

「背筋が痛い」

ため息を吐いた瞬間、酷使されてきた背中が悲鳴をあげた。

「これ、按摩（あんま）を呼べ」

布施孫左衛門が弱々しい声で命じた。

結局、鷹矢の加増はうやむやになってしまった。

「そなたにこれでは、不足じゃ。とはいえ、躬の一存で家禄を増やすといろいろ面倒になる。そなたが躬の寵臣と見られることになるでの」

「とんでもないことでございまする」

家斉の言葉に鷹矢が首を横に振った。

寵臣というのは、将軍や大名などの主君から、格別にかわいがられる家臣を意味する。

他人がうらやむ出世をし、主君を後ろ盾とした権力を振るうことができる。

三代将軍家光の松平伊豆守信綱、阿部豊後守忠秋、五代将軍綱吉の柳沢美濃守吉保、六代将軍家宣の間部越前守詮房など、小身から執政へ大名へ上り詰めた者の例は多い。近くでは十代将軍家治の田沼主殿頭意次が、寵臣の顕著たる例であった。千石に満たない小旗本から遠州相良五万七千石の大名に、小納戸から老中格に、田沼意次は、まさに寵臣の階を昇った。しかし、寵臣の運命からは逃げられなかった。庇護者十代将軍家治が病に倒れたと同時に田沼意次の衰退は始まり、家治の死とともに落魄した。隠居を命じられ、領地、城は取りあげられて、僻地へ大幅に減禄されて移封された。

つまり、寵臣は、その寵愛をくれた主君とともに終わる。

もちろん、潰されることはない。それをすれば、寵臣を作った先代を非難することになるため、出世前よりもいくばくかの加増された状態で生き残りは許される。ただ、寵臣として贔屓されていたという歴史が、以降ついて回る。

それは決して子孫への贈りものにはならない。

「禁裏付に任期はあったか」

「ございませぬが、十年相務めるのが慣例とされておりまする」

問われた鷹矢が答えた。

「十年か、ふむ。そなたはいくつになる」

「今年で二十七歳になりましたゆえ、三十七歳になりますかと」

「青臭いところも消えておるか」

独り言のように家斉が口にした。

「よろしかろうぞ」

一人で納得した家斉が、松平定信へ目をやった。

「越中……ああ、鷹矢。解放してよい」

まだ鷹矢に取り押さえられたままであったことに気付いた家斉が、鷹矢に手を振った。

「はっ」

鷹矢が松平定信から手を離した。

「くっ」

決められていた手をさすりながら、松平定信が鷹矢をにらんだ。

「…………」

その恨みを真正面から受け止めた鷹矢だったが、詫びの言葉はもちろん、仕草もいっさい見せはしなかった。家斉の指図でおこなったのだ。詫びることは、家斉の指示を無体なものだと鷹矢も思っていたということになる。

「老中首座たる余に……」

「越中。鷹矢への手出しは禁じる」

家斉が低い声で松平定信を制した。

「うっ、わかりましてございまする」

唇を噛みながら松平定信が承諾した。

「江戸まで召喚しておきながら、なにもなしになるが辛抱いたせ。いずれ報いてくれよう。それまで京という鵺（ぬえ）の棲処（すみか）で精進いたせ」

「はっ」

家斉に言われた鷹矢が手を突いた。

「されど、手ぶらだと侮る愚か者が出よう」

将軍に目通りをした結果、加増がなしになったとあれば、世間は鷹矢がなにか失敗をしでかしたと考えるのはまちがいなかった。

それは鷹矢の資質に問題ありと世間が受け取ることであり、そうなれば鷹矢の役人としての将来は閉ざされるにひとしい。

「それに付けこむ者も出よう」

ちらと家斉が松平定信を見た。

「…………」

松平定信はなんの反応も見せなかった。

「まあよい」

家斉が小さく口の端を吊り上げた。

「坂村と申したか、そなた」

「は、さようでございまする」

立ち去る機を摑めず、黒書院の下の間襖際で縮こまっていた坂村雀庵が跳びあがりそうになった。

「そなた休息の間へ参り、乱れ箱を一つもらってこよ」

「た、ただちに」

医師とお城坊主だけに許された、城中で小走りに駆けられる特権を今こそ発揮すべきとばかりに、坂村雀庵が飛び出していった。

「そういえば、鷹矢」

ふと思いついた風に家斉が鷹矢に話しかけた。

「なんでございましょう」

「そなた、妻は娶っておるのか」

「いえ、まだ独り身でございまする」

訊かれた鷹矢が首を左右に振った。

「なれば、躬が世話をしてやろう」

「畏れながら……」

あわてて鷹矢が頭をさげた。

「どうした」

家斉が怪訝そうな顔をした。

将軍が婚姻の世話をするというのは、末代までの栄誉になる。さらに将軍が勧めた相手との間に跡継ぎが生まれれば、その男子はお気に入りとしてかわいがられる。

将軍が勧めるほどの家柄である妻に頭があがらなくなるだけで、東城家にとってよいこと尽くしなのだ。それを遮るなどあり得る話ではなかった。

「申しわけもなき儀なれど……」

鷹矢は京に残してきた弓江と温子のことを話した。

「そうか、そうか。若年寄安藤対馬の紐付か」

おもしろそうに家斉がうなずいた。

「たまらぬの。これだけ思惑を外されてはな」

家斉が松平定信の顔を覗きこむようにした。

「一橋卿への大御所号を下賜願うためでございまする」

松平定信は悪びれなかった。

「勅勘だと知っていたのか」

家斉が松平定信に訊いた。

「いえ。ただ、御上が閑院宮さまへの太上天皇号を拒否したことへの仕返しだと」

松平定信が言いわけをした。

「それで朝廷の弱みを握ろうと、鷹矢を禁裏付にしたのか。まったく、老中首座で吉宗公の孫という矜持が邪魔をしたの」

大きく家斉が嘆息した。

「そなたが謝罪を兼ねて上洛し、主上に大御所号をねだっておけば、ことはすんだものを」

「わたくしがおらねば……」

「幕府は回らぬとでも申す気か。笑わせるな。老中が一人欠けたくらいで幕府は揺らぎもせぬ」

自負を口にしようとした松平定信に、家斉が痛撃をくわえた。

「…………」

松平定信が唇を噛んだ。

「対馬守には躬から申しておこう。その娘を養女にせよとな」

「なにを仰せられますか」

松平定信が絶句した。

家斉の言葉は、松平定信の腹心安藤対馬守に引き抜きをかけると言ったも同じであった。

「も、持って参りましてございまする」

そこへ坂村雀庵が戻ってきた。

「うむ。これへ」

「ひえっ」

家斉の手招きに、坂村雀庵が怯えた。

「なにもせぬわ。さっさと来い」

家斉が坂村雀庵に命じた。

「ひゃい」

情けない声をあげて、坂村雀庵が従った。

「そこへ置け」

家斉が坂村雀庵が掲げるようにしてきた乱れ箱を手前に置かせると、着ていた三葉葵の紋付き羽織を入れた。

「整えよ」

「…………」

坂村雀庵が泣きそうな顔をした。目通りさえ叶わない同朋衆が将軍の身につけていた羽織を触るなど、手討ちにされても文句は言えない。

「雀庵どの。御諚でござる」

逃げられないと鷹矢が坂村雀庵を促した。

「……はい」

震えながら、坂村雀庵が羽織をたたんだ。

「それを鷹矢に……褒美代わりじゃ」

坂村雀庵に指図した家斉が、鷹矢に羽織をくれると言った。

「お垢付を……」

鷹矢が絶句した。

直接身につけていた衣服を与えられることは、家臣として最高とまではいかないが、相当な栄誉である。

かつて戦場で、大きな手柄を立てた者に、大将が身につけていた陣羽織などを脱いで与えた故事に倣ったものであり、正式な褒賞、加増などは後日精査してからという意味も含まれることが多かった。

「乱れ箱ごと持って帰れ」

家斉がお休息の間で使用している乱れ箱である。梨地（なしじ）に葵の紋が鏤（ちりば）められている。これだけでも拝領品として、家宝となる。

「かたじけのう存じまする」

鷹矢が押し戴（いただ）いた。このようなものは要らないとの拒絶にも取られるため、遠慮はできなかった。

「それを身につけて昇殿いたせ。それだけでそなたに馬鹿をしてくる者はおるまい」

「畏れ入りまする」

家斉の気遣いに鷹矢が感激した。

「ご苦労であった。下がってよい」

家斉が鷹矢と坂村雀庵に退出の許可を出した。

「待て、鷹矢」

一度平伏して、膝行（しっこう）して黒書院を出ようとした鷹矢を家斉が止めた。

「はっ」

きちっと姿勢を正して、鷹矢が応えた。

「また主上にお目にかかることがあれば、躬が詫びていたと伝えてくれるように。もう、大御所号のことはお忘れくださいますようにとも」

「上様っ。軽々なまねはなさるべきではございませぬ」

松平定信が家斉を諫めたが、家斉も鷹矢も一顧だにしなかった。

「承りましてございまする」

鷹矢が深く平伏した。

二

目通りを終えた鷹矢を送り出した家斉も、そのままお休息の間へと戻っていった。

「…………」

一人広大な黒書院に残された松平定信が一人残っていた。

「化け物め」

家斉が消えた襖に松平定信が呪詛の言葉を吐いた。

「なにが余と同じ教育を受けただ。そなたが受けたのは人を操る術、余の学んだ天下の経営ではない」

松平定信は家斉が、しっかり鷹矢を摑んだと見抜いていた。

「なにが十年だ。空手形を切っただけではないか」

何一つ約束した証を与えていない。十年経って、鷹矢が約束の履行を訴えたところで、家斉は無視できる。

それどころか、好きなところへ飛ばせるのだ。

名前だけになっている役職は多い。

遠国役なら、大坂町奉行に権能のほとんどを移管させられた堺奉行、同じように京都町奉行に侵食された大津奉行、江戸ならば鉄炮簞笥奉行、御旗奉行などいくつでもある。

もっと質の悪いのだと佐渡奉行がそうだ。佐渡は金山があり、幕初はそこからあがる金が幕府の貨幣鋳造を支え、天下の財政基盤を担った。しかし、佐渡金山は長年の掘り進めで、かなり深くなったため、坑道に水が出て、思うような産出ができなくなりつつある。そんな佐渡へ行かせて、産出量が上がらないのは、手腕に問題ありと責任を押しつけて、咎め立てる。

たかだか千石ていどの旗本を生かすも殺すも気分次第。それが将軍である。

「すっかり懐柔されおって」

松平定信の矛先は鷹矢へと向かった。

「お垢付をいただいたと感激し、主上への伝言まで承るなど、身分を考えぬにもほどがある。江戸を離れられぬ将軍に代わって、朝廷へもの申すために京都所司代がある。禁裏付は朝廷目付と言われているが、主上に謁見を求められる身ではない」

まだ憤懣（ふんまん）は収まらないのか、松平定信は御用部屋へ帰ろうとはしなかった。

「そもそもあやつを凡百の使者番から巡検使、禁裏付へと引きあげてやったのは余であるぞ。恩を感じるならば、余に尽くしてしかるべき。その恩を仇（あだ）で返すなど、犬にも劣るわ」

松平定信が吐き捨てた。

「とはいえ、表立っての手出しは禁じられた」

家斉から釘を刺されている。

「つまり、表でなくばよいということよ。たしか霜月か津川の報告に御所出入りの看板を欲しがって、画策している大坂商人がおったの。そやつに幕府御用達を許してやると言えば、喜んで働こう。金もかからず、人を動かす。これが政の極意じゃ、娘を嫁にやるなど下策。豊千代、そなたが習ったのは、政ではない。保身じゃ」

松平定信が家斉を幼名で呼んで、にやりと嗤った。


屋敷に帰った鷹矢は、行列を解くとの指示もせず、仏間へと足を運んだ。

「上様より、拝領いたしました」

鷹矢が乱れ箱と羽織を仏前に供えた。

「…………」

長く鷹矢が合掌、瞑目を続けた。

「……すまぬ。なにをおいても父に報告をいたしたかった」

鷹矢が振り向いて、仏間の外廊下で待ってくれていた土岐と檜川に謝した。

「拝領でっか。それはおめでとう存じまする」

「殿、おめでとうございまする」

土岐と檜川が祝いを口にした。

「お垢付であるゆえ、長く外におけぬでな」

拝領の衣服に砂埃（すなぼこり）をかけるなど、目付に難癖を付けられる。

大手門前広場で控えてくれていた二人に事情を説明することなく、駕籠へ乗りこんだ鷹矢が経緯を語った。

「上様と直談……」

檜川が茫然自失となった。

「ふうん、幕府も一番上は馬鹿やおまへんなあ」

土岐がなんともいえない怪しい笑いを浮かべた。

「おい」

「褒め言葉でっせ」

さすがに将軍を馬鹿呼ばわりされては黙っていられない。低い声で咎めた鷹矢に、土岐が手を振った。

「褒めておらぬわ」

「違いまっせ。大体将軍なんぞは、世間を知らず、老中あたりの言うことをそうかそうか、よきにはからえと言うだけ」

「…………」

鷹矢が土岐の言いぶんに苦い顔を見せたのは、先代十代将軍家治が、田沼意次の言うがままであったために「そうせい公」と陰で言われていたからであった。

「しゃあけど、ご当代はんは、しっかり越中守を抑えはった。馬鹿にはでけへんことでっせ」

「どうも褒めているは思えぬぞ」

「そらあ、実績がおまへんから。賢君と呼ばれるか、暗君と誹られるか。それは、なにかをなしてから決まるものでっしゃろ」

「言いくるめられている気がするが、まあいいだろう。馬鹿ではないは土岐なりの褒め言葉だからな」

かつて土岐にそのような言い回しをされたことを鷹矢は忘れていなかった。

「しつこい男は嫌われまっせ」

土岐が苦笑した。

「そろそろおまえには嫌われたいところだが」

「悪女の深情けですなあ」

皮肉を返した鷹矢を、土岐があっさりといなした。

「もういい」

疲れるだけだと鷹矢が手を振った。

「あきらめが肝心ですわな。腐れ縁ですわ。典膳正はんもまだ京におられるようやし。これで当分喰いっぱぐれんですみますわ」

土岐がうれしそうに言った。

「明日一日休んだら、京へ戻るぞ」

「女はんが心配ですしなあ」

土岐が目から笑いが消えた。

「出るか」

「そら出てきまっしゃろ。将軍から典膳正はんへ手出しが禁じられたんでっせ。つまり、他の者には手を出しても叱られへんちゅうこってすよって」

確かめるような鷹矢に、土岐がうなずいた。

江戸と京の間を箱根の関所、大井川の川越えを無視できる御用飛脚が通じていた。

「御用飛脚では戸田因幡守に知られる。されどやりようはいくらでもある」

松平定信は家臣を小田原藩大久保家へ向かわせ、箱根の関所を夜中でも通れるように手配させた。

暮れ六つ（午後六時）を過ぎると翌朝まで閉じられる関所の門だが、唯一産婆の通行だけはいつでも認められた。お産はこちらの都合に合わせてはくれない。そしていつも産婆がすぐ側にいるわけではないのだ。

それこそ、関所を挟んだ反対側で、妊婦が産気づくなど当たり前のことなのである。それを「刻限まではならぬ」などと通行を阻害し、赤子だけでなく妊婦まで死んだりしたら、いかに民とはいえども黙ってはいない。

「お産に呼ばれましてございまする」

そう、産婆が言えば関所の脇門が開かれる。

もちろん、通ることのできる産婆は、関所役人の顔見知りに限る。でなければ、産婆に扮した女が関所を咎められることなく抜けてしまう。

これを松平定信は利用しようとした。

「御用飛脚は記録が残る。されど、産婆の通行は記録に残さない」

認められているとはいえ、明文化されているわけではない。慣例に近い状態で許されているだけであり、そこを突かれれば関所番の責任にもなる。

そういった場合は、証拠を残さないに限る。

「よしなにな」

「そのようにいたしまする」

前回松平定信の要求をごまかしただけに、断りにくい。また、今回は箱根の関所という他人目が少ないところである。関所の開き待ちのために野宿をする者がいるかも知れないが、早馬が通過したところでまず気にはしない。

なにより記録を残さないのだ。つまり関所が刻限以外に開いたと知られたところで、証拠が残っていなければ、いくらでも言い逃れはできる。

それに申しこんできた相手が老中首座とくれば、なにかあってもかばってくれる。知らぬ顔をしたら、大久保家も反撃に出る。そうなれば一蓮托生（いちれんたくしょう）になる。

小田原藩大久保家は、松平定信の依頼を受けた。

「そうか」

大久保家の返事を松平定信は当然のごとく受け取った。なんといっても了承は得られるものと確信し、すでに早馬を出させている。大久保家の報せよりも先に関所に着くことなど気にもしていなかった。

「よし。後は桐屋にさせればよかろう」

松平定信は、頭から京のことを追い出した。

「典膳正などという小物にかかずらっている場合ではない」

今回のことで松平定信は鷹矢の態度から、旗本の忠誠は役目を与えてくれる老中ではなく、飾りにすぎない将軍にあると知らされた。

「豊千代も、露骨に余を除(の)けようとし始めた」

あっさりと大御所号をあきらめると言った家斉に、松平定信はすでに己が排除の対象にされていると知った。

「このままでは、なすすべもなく執政の座を降ろされる。それは認められぬ。余が天下を差配せねば、幕府は潰れる。神君家康さまが生涯をかけて作り、八代将軍吉宗さまが立て直した幕府を、今後百年保たせるのは、余の役目」

松平定信が独り言を続けた。

「鎌倉、室町の故事を見てもわかるように、幕府ができてときが経ち、箍(たが)が緩んだことで天下の騒乱は起こっている。つまり、幕府が揺るがぬ限り、天下は安寧を享受できる。天下の平穏は幕府が支えている。このまま幕府が力を失えば、またも天下は乱世になる」

幕府がすべての根本であり、天下の守護者であると松平定信は考えていた。

「退けぬ。なにがあっても退けぬ。天下のために余は戦う。たとえ相手が将軍家であろうとも……」

松平定信が決意も新たにした。

「なんとしても上様から力を奪わねばならぬ。将軍の力は、旗本を源としている」

田安家にいたころから吉宗を崇拝していた松平定信は、祖父に倣うべく武芸も学んでいた。さすがに剣術で名を立てられるほどの修行は積んでいないが、それでもほとんどなにも学んでいない家斉よりは優っている。

「将軍を決めるのが、武芸であれば、豊千代ごときに負けはせぬ」

一対一で戦えば、松平定信が家斉に圧勝する。

しかし、それでどうなるものでもなかった。将軍は一人ではなく、大名旗本を指揮して戦う。

「大名はまだどうにでもなる」

外様、譜代の差はあるが、どちらも徳川家に不満を抱いている。満足している大名など三百諸侯の一握りほどだ。

「もっといい領地を」

「先祖の功からしてこれでは少なすぎる」

「かつては徳川と同格であったのだぞ」

徳川に臣従しているとはいえ、かならず言いたいことはある。そこをうまく使えば、家斉の号令に否やは言わなくとも、応じなくすることくらいはできる。

「問題は旗本どもよ」

旗本にも不満はある。

「家康さまが三河の一大名であったころからお支えし、天下取りに血を流した旗本が万石に足りぬ禄で、敵対していた島津や前田などが五十万石、百万石を食んでいるなど許しがたし。御上はなぜあやつらを取り潰し、その領地を我ら旗本にお分けくださらぬのか」

外様大名が大禄を得ていることが、旗本は我慢ならないのだ。

「それでも将軍に忠誠を誓っている。これは、実際に余を知らず、家斉の無能がわかっていないからである」

老中首座は役人以外の旗本と会うことはまずなかった。まったくないというわけではないが、九割以上の旗本、御家人は松平定信を知らない。旗本や御家人にとって、松平定信は吉宗の孫で将軍になり得る血筋ではなく、老中首座なのだ。

もちろん、旗本、御家人のほとんどは、家斉の顔すらわかっていない。御家人は目通りできないし、旗本でも将軍を前にして顔をあげられる者は少ない。

「皆、豊千代に忠誠を誓っているわけではなく、将軍という地位に尽くしている」

戦場でともに戦っていたころならば、家康、秀忠との距離も近かった。振り向けば、家康や秀忠の顔は見えなくとも、馬印は目に入れられる。主君がそこにいる、そこから己の活躍を見ていてくれる。それだけで忠誠は満たされた。

だが、今の将軍は、江戸城の奥から出てくることはない。旗本や御家人からみて将軍は近くなくなっている。

それでも旗本、御家人の心を支えているのは将軍であり、禄を与えてくれているのは、徳川家である。そこに松平定信の入る場所はなかった。

「これでは余に従えというても……」

松平定信が嘆息した。

「旗本どもに、そなたたちの生活を差配しているのが、豊千代ではなく、余だと知らさなければならぬ。余を老中というくくりではなく、徳川家の血を引く高貴な身だとわからせれば、御家人であった霜月織部、津川一旗のように、幕府ではなく余に忠誠を捧げてくれる者が増えるはず」

松平定信の目が光った。

「旗本、御家人どもに余のことを知らせるにはどうすればよいか……」

旗本、御家人をどこかに集めて、その前に立ち、演説をとはいかなかった。いかに老中首座といえども、旗本たちへそう命じる権限はなかった。

「余を信奉する者を使って、旗本らに余こそ天下人にふさわしいと広めさせるという手もあるが……迂遠すぎる」

喫緊ではないだろうとは思うが、それでも家斉が松平定信に宣戦布告したのはまちがいない。のんびりとときをかけている余裕はもうなかった。

「一気にすべての旗本、御家人に余の名前を知らしめ、同時に恩を感じるようにしむけるには……」

松平定信が沈思した。

「一度は拒んだが……勘定奉行の久世山城守が申していたあれを採用するか。札差(ふださし)の持つ旗本御家人への借財を棄捐(きえん)させるという令。札差だけを相手にするのも問題であるし、なにより、幕臣だけを救済し、民を除外するのは反発を呼ぶだろうとして却下したが……旗本御家人にとっては、まさに朗報になる」

札差とは、幕府から旗本、御家人に与えられた家禄、扶持米などを預かって、自家消費するぶんを除いた余りを換金する商人のことである。

無数に並ぶ米俵に「誰某(だれそれ)家」と書いた札をさして、区別を付けたことから札差と呼ばれるようになった。当初は米の換金手数料だけでやっていたが、預かる米を担保に金を貸すようになり、今ではそちらが本業となっていた。

なにせ、旗本、御家人にしてみれば、家宝を形(かた)にとか、頭をさげて交渉とかをしなくてもいい。金を貸す札差も取りっぱぐれがないと、双方につごうがよかったため、札差貸しは拡大の一歩を遂げ、当初来年の米くらいだった担保が、借財の膨れあがりとともに長引き、今では十年後の米というどうなるかわからない未来にまで至っている。

そうなるとさすがに旗本、御家人も金利のやりくりに苦労するようになる。

「札差どもの横暴も目に余るしの」

金を貸すときの金利が札差は、年利一割八分と質屋や両替商などよりもはるかに高利であった。

久世山城守が棄捐令を出すべきだと提案したのも、長崎奉行から江戸へ戻ってきて、旗本や御家人の窮乏を見かねたからであった。

「棄捐令を出してやれば、旗本、御家人は快哉をあげるだろう。なにせ今までの借財がなくなるのだからな。それを出した余の名前を知り、感謝するだろう。余でなければできなかったことだと、頭を垂れる者が一気に増えよう」

満足げに頬を緩めた松平定信が、久世山城守広民（ひろたみ）が出してきた上申書を探すために立ちあがった。

三

久しぶりの江戸とはいえ、遠国勤務のさなかである。ゆっくり物見遊山とはいかなかった。用件と先祖の供養をすませば、できるだけ早く任地へと戻らなければならなくなる。

「屋敷を預けるぞ」

「たしかにお預かりをいたしました。どうぞ、お気兼ねなくお役目にお励みくださいますよう」

左内が鷹矢を見送った。

「向こうで小者を幾ばくかと家士をもう一人ほど召し抱えるぞ」

「あまり高禄は御勘弁くださいませ」

鷹矢の言葉に、左内が渋い顔をした。

東城家でもっとも高禄である左内でさえ、五十石しかない。他の家士にいたっては、二十石か扶持米だけなのだ。いくら役に立つからとか、人手が足りぬからといって、三十石など出せば、譜代の家士たちが不満を持つ。

「わかっておる。十石ほどで抑える」

鷹矢が苦笑した。

「ではの」

手を振って鷹矢は、土岐と檜川を伴って、東海道を西へと進んだ。

「また来るかの」

高輪の大木戸をこえたところで、鷹矢が問うた。

「おまへんやろ」

「わかりませぬ」

土岐は首を横に振り、檜川は慎重に答えた。

「どうしてないと思うのだ」

鷹矢が土岐に訊いた。

「品川は江戸に近すぎますやろ。一度ならどうにでも言い抜けられますやろうけど、二度も同じことをすれば、さすがに見逃してはもらえまへんわ。それに……」

土岐が小さく嗤った。

「越中守にそれだけの肚はおまへん。闇に怯えるようでは、天空に輝く日輪を摑むことなぞ無理で」

「日輪とは、主上のことか」

「いいえ、将軍はんのこってすわ。越中守は主上に成り代わることを望んでまへん」

「なぜだ」

首を左右に振った土岐に、鷹矢が首をかしげた。

「主上には力がおまへんよって。あの男が求めているのは、将軍の座。己で天下を動かしたい。それが望みですわ」

土岐が少しだけ足を緩めて鷹矢と並んだ。

「しかも悪いことに天下万民のためやない。復讐のため」

「復讐……だと」

鷹矢が思わず足を止めた。

「わかりますやろ。越中守は将軍になりたかった。なれる家柄やった。しかし、将軍にはなられへんかった」

「田沼主殿頭どのか」

土岐の発言に鷹矢が応じた。

「表に立ったのは主殿頭はんですわな」

「……表ということは裏が」

「当たり前ですがな。世のなかに男と女がいてるように、すべてのものには表と裏があるもんでっせ。京のこともう忘れはったんでっか」

鷹矢の驚きに土岐があきれた。

「そうであったな。で、裏とは」

「幻の十一代将軍ちゅうたらわかりますかいな」

「世子さまか」

鷹矢が気付いた。

幻の十一代将軍と言われているのは、十代将軍家治の嫡男家基のことだ。英邁(えいまい)、壮健で曾祖父吉宗によく似ていると将来を嘱望されていたが、十八歳の若さで急死した。

「いろいろ言われてはりますなあ、世子はんの死は。頭のええ将軍は傀儡(かいらい)にしにくいと主殿頭はんが排除したとか、息子を将軍にしたいと考えた一橋民部卿が毒を盛ったとか」

「口にするな」

思わず鷹矢が土岐の口を封じた。

「そんなありえへんことで神経とがらしてどないしますねん」

「ありえぬと言うか」

「当たり前でんがな。考えてみなはれ、主殿頭はんが世子はんを害されるはずはおま

「将軍になったら、主殿頭を排除すると公言されていたと聞くぞ」

へん」

鷹矢が噂を口にした。

「できるわけおまへん。そんなことをしたら、主殿頭はんを重用した父親はんを誹謗(ひぼう)するも同じ。たとえ気に入らなくても、しばらくは我慢して使い続けなあかん」

寵臣をいきなり排除できるのは、直系でない継承だけである。

大老酒井雅楽頭忠清(さかいうたのかみただきよ)を五代将軍綱吉が辞めさせたのも、柳沢吉保を六代将軍家宣が幕政から外せたのも、間部詮房を八代将軍吉宗が罷免できたのも、直系ではなかったからであった。

「たしかに」

「そもそも世子さんの主殿頭はん排除は、政の実際を知る前。若者特有の潔癖さというやつでっしゃろ。そんな甘っちょろい考えで将軍なんぞできまへん。いざとなって幕政を担うようになれば、主殿頭はんの有能さを知りましたやろ。なんせ、九代将軍家重はん、十代将軍家治はんと支えてきはったお方や」

「むう」

土岐の話に、鷹矢はうなるしかなかった。

「一橋はんもそうや。吾が子を将軍にしたいと本気で思ってたんやったら、端から宮家か五摂家から嫁はん取ってたはずでっせ」

「そうだな」

鷹矢も同意した。

事実近衛家へ養女に入れるまで、篤姫のことで家斉が将軍世継ぎになることへの反発は多かった。とくに譜代大名たちの憤りはすさまじいものがあった。

なにせ、島津家の姫として将軍の正室、御台所になったとあれば、譜代大名は外様と見下してきた島津家に敬意を払わなければならなくなるのだ。

「では、世子さまの死はやはり、急病死だったか」

人の命は儚い。それこそ生まれ落ちた瞬間に死を迎える赤子もいる。七歳まで神のうちとして気を遣うが、十代から三十代という働き盛り、勢いのあるころに頓死する者も少なくはなかった。

「糖蜜を煮詰めたよりも甘いなあ、典膳正はん」

土岐があきれはてたという顔をした。

「どういうことだ」

「もう一人忘れてまっせ」

わからないと首をかしげた鷹矢に、土岐が声を潜めた。

「もう一人……えっ」

鷹矢が絶句した。

「どうしても将軍になりたかったお方がいてはりますわなあ」

土岐が続けた。

「前も言いましたやろ。朝廷はずっと幕府を見ていると。とくに次の将軍になりそうなお人、新たな老中はんとかは、たっぷり見ますねん。当然亡くなった世子はんも、田安家にいてた越中守もな」

「馬鹿なと言いたいが……」

鷹矢が困惑した。

「言わへんようになっただけ、育ってますな」

土岐が笑った。

「知ってはりますか、越中守が子供のころ、田安館が火事になって、新たに建て直すまで江戸城に住んでいたことを」

「知らぬ」

　鷹矢が首を横に振った。

「三歳から五歳くらいらしいですけどな、そこで将軍というものの実像を見た。失礼ながら、十代はんはちいとものたらんお方や。子供心に越中守はなにかを感じた。なんせ、そうせい公や。主殿頭はんの言うとおりにうなずくだけ。傀儡に見えたとしても無理はおまへん。ただ、将軍より主殿頭がえらいように見えたんですやろ」

「…………」

「実際は、本人やないとわからんですけどなあ、とりあえず越中守は、将軍になって天下をどうにかしようとした。しかし越中守は将軍になれない。なんでや、そう世子はんがいてるからや」

「そんなことで……」

「まあ、最初はそこまで追い詰められてはらへんかったでしょうけどなあ。己が優秀であることを周囲に見せて、推戴（すいたい）されて将軍になるつもりやった。それだけの努力もした」

まだ田安家にいた越中守は、幼いころから神童と讃えられていた。

「それでも正統ではない。どしても世子はんには勝てん。その辺が透けて見えたのか、越中守は将軍一門から外されることになった。十七歳か、十八歳か、忘れましたけど、白河藩の養子にという話が来た」

土岐がため息を吐いた。

「白河へ出てしまえば、二度と将軍にはなれまへん。臣下になるわけですよって。皇統と同じく、一度臣籍に降りた者は至高の座に就くことはない」

「ああ。そうしないと、徳川の血が一滴でも流れていれば、誰が将軍になってもよいとなる」

鷹矢がうなずいた。

「田安の先代は子だくさんやった。しかし、まともに育ったのは三人、そのうち一人はすでに養子に出た。残ったのは当主となった兄と越中守だけ。そして、当主は病弱、それこそ明日をも知れぬとまでは言わなくとも、かなりきわどい。そんなときに残った一人を養子に出す。ありえまっか」

「ないな」

土岐の話を鷹矢は認めた。

「主殿頭はんを危険視していたというくらいで、放り出しますか。田安家、御三卿の頂点というたところで、大名でもなし、執政になるわけでもなし。それこそ神社の御輿でしかない家の息子をそこまで怖れる意味は」

土岐が首を横に振った。

「……おいっ」

鷹矢の顔色が変わった。

「ええ。わたいもそう思います。越中守から将軍になれる権利を奪わなあかんかった」

「…………」

「白河への養子は決まりました。田安の当主が死に瀕し、泣くような思いで白河との養子縁組を解消し、越中守に跡を継がせたいと願ったにもかかわらず。そして田安の当主はんは死んでしもうた。つまり田安家は当主なし、空き館になったわけですわ」

「その間も、越中守どのは田安家にいたのか」

「そうなりますなあ。そして田安家が空き館になって五年目、世子はんがお亡くなりにならはった。そのときまだ越中守は白河ではなく、田安に残っていた」

「……なんとも言えぬ」

苦渋に満ちた顔で鷹矢が首を横に振った。

「だが、それではおかしくないか」

「なにがですねん」

疑問があると述べた鷹矢に、土岐が尋ねた。

「さきほど、おぬしは復讐といっただろう。もし、越中守が世子さまのお命を縮めまいらせたとしたら、復讐される側のはずだ」

とうとう鷹矢も松平定信の敬称を取った。

「輪ですな、復讐の」

「……輪だと」

「そうですわ。越中守が放り出されたのは、世子はんを奪われた十代将軍と主殿頭はんの復讐。そして主殿頭はんを幕政から追放し落魄（らくはく）させたのが越中守の復讐。有能な補佐役を失った当代将軍家の復讐が大御所号という罠。それに気付いた越中守の報復が、将軍はんへの報復が始まる」

「連鎖か」

「因果は巡るとはこのことですなあ」

土岐がしみじみと言った。

四

江戸を出て五日目、早馬は京に着いた。

「ここか……」

「……のようだな」

騎乗で駆けっぱなしである。二人の白河藩士は荒い息を抑えようとしながら、場所を確かめ合った。

「中野（なかの）、手綱を預かろう」

一人が手を出した。

「すまぬ」

中野と呼ばれた藩士が、手綱を渡した。

「では、行って参る」

「油断するな。相手は殿に選ばれるほどの商人ぞ」

手をあげた中野に、手綱を持った藩士が忠告した。

「言うに及ばず」

中野がうなずいて、桐屋の出店の暖簾をくぐった。

「おいでやす……」

出迎えようとした小僧が、めったに見ない武士の客に戸惑った。

「主はおるか。拙者中野三太夫と申す」

「へい。ちとお待ちを」

相手は武士である。京の民にとって、武士とはなにをするかわからない粗暴な連中との印象が強い。なにせ、腰に物騒な人斬り包丁をこれ見よがしにぶら下げているのだ。

小僧があわてて奥へ入った。

「主はおるな」

中野がつぶやいた。

　奥で出店を任せている番頭の九平次と話をしていた桐屋利兵衛は、小僧の用件に眉をひそめた。

「おまはんは、京で雇われた者か」

「へ、へい。去年の秋にご奉公にあがりました」

　訊かれた小僧が少し驚きながら答えた。

「あんな、約束のあるお方は、主がいるかどうかを訊かへん。おるかと問われたら、約束のない客や。そんな不意に来た客は碌でもないことが多いねん。ちゃんとした用事やったら、先触れくらい寄こすさかいな」

「す、すんまへん」

　小僧が叱られたと萎縮した。

「こういうときは、主出ておりますゆえ、一刻ほどしてからお見えをと、一回帰し。その間にこっちも準備できるやろ」

「…………」

「次から気をつけや。失敗はしかたない。ただ、同じ失敗を二回するかせえへんかで将来が変わる。番頭になれるか、手代で終わるか」

「へえ。気をつけます」

諭された小僧が下がっていった。

「客間はどこを」

九平次が問うた。小僧がいると言ってしまったのだ。今更居留守は使えなかった。

「馬で来たちゅうし、身なりもくたびれてるらしいやないか。衣服を整える間もなしに、店へ顔を出したというのは、よほどやろう。そのうえ、名前は告げてもどこのご家中かはなし」

「では、一番奥の客間を」

主の考えを九平次がくみ取った。

その客間で目の下に隈を作りながらも中野は背筋を伸ばし、桐屋利兵衛と対面していた。

「当家の主桐屋利兵衛でございまする。わたくしめに御用でございましょうや」

時候の挨拶をする気はない。いきなりの訪問への非礼を咎めるように名乗りとともに桐屋利兵衛が問うた。

「白河藩松平家の家臣、中野三太夫である。そなたが桐屋利兵衛であるな」

確かめるように中野三太夫が桐屋利兵衛を見た。

「さようでございまする」

「ならば、主からの命を伝える」

「…………」

一応相手は武士である。桐屋利兵衛が手を突いて、謹聴の態度を見せた。

「禁裏付東城典膳正とその供二人を殺せ」

「……それが老中首座さまのお言葉だと」

桐屋利兵衛はまっすぐな命に一瞬唖然としたが、すぐに落ち着きを取り戻した。

「そなたのことは存分に調べている。御所出入りの看板が欲しいそうだな」

「隠してはおりませんが……」

それくらいのことで、自慢をするなと言わんばかりに桐屋利兵衛が返した。

「その看板に幕府御用達もつけてくれるとの仰せである」

「ずいぶんと気前のええことで」

桐屋利兵衛が対応を普段のものへと戻した。

「今、禁裏付はんは江戸でっしゃろ」

鷹矢がいないということを、桐屋利兵衛のもとに報せてくれる者は多い。

「おそらく三日、四日ほどで戻ってくる」

「戻ってくると……」

中野の返答に、桐屋利兵衛が笑った。

「なにがおかしい」

「老中首座さまもしくじられることがおますねんなあ」

「そなたっ」

「うまくいっていたら、禁裏付はそのまま江戸で謹慎になるはず」

松平定信を愚弄されたと怒る中野三太夫に、桐屋利兵衛が告げた。

「…………」

中野三太夫が黙った。

「老中首座さまの尻拭いをさせていただくとは、名誉なことで」

「では、するのだな」

「もちろんさせてはいただきまするが、報償がその二つだけではいささか……」

「強欲は身を滅ぼすぞ」

「得られる利を見逃すようでは、商人とは言えまへん」

鋭い目つきになった中野三太夫に桐屋利兵衛が笑った。

「なにを望む」

「それはことをなしてからとさせてもらいましょう。ああ、ご懸念なしに。さほどのことを求めはしまへんよって」

重い声で問うた中野三太夫に、桐屋利兵衛が手を振った。

「では、早速手配をいたしますので……」

「しくじるなよ」

さっさと帰れと暗に言った桐屋利兵衛に、中野三太夫が座を蹴りながら述べた。

「九平次……」

「へえ」

「聞いてたな」

「よろしんですか。侍は信用できまへん。とくに権力を握っている連中は」

「そんなもん、おまえに言われんでもわかってるわな。心配しいな。やりようはいくらでもある」

九平次の危惧を桐屋利兵衛が一蹴した。

「問題は手兵となる者や。大坂の切り札は使うてしもうたし、京の無頼も頼りにならん」

刺客にできる者がないと桐屋利兵衛が嘆息した。

「腕の立つ者……」

「旦那はん、ちょっと考えを変えたらどないですやろ」

「どう考えを変えるねん」

九平次の言葉に、桐屋利兵衛が興味を見せた。

「今までは腕の立つ者をとやってきましたけどあきまへなんだ。なら、腕はそこそこでもええから、数そろえたらどないですやろう」

「数かあ……どのくらいや」

「三人やと言うてましたやろ、さっきの侍。ならば三十人では」

「一人に十人……三十人か。それだけの数が集められるか」

無頼というのは、臆病なものである。勝てるとわからない限り、手出しはしない。

「京では、ちょっと無理ですやろうけど。禁裏付の噂は、十分通ってますよって。で、大坂とか大津から呼んできたら」

「ときはあるか」

　三日あれば、大坂からでも人は呼べる。大津ならば朝出て、夕方には揃う。

「しかし、金がかかるで。幕府役人を襲うとなれば、それだけの金を出さなあかんやろう。一人十両はかかる。三十人やと三百両や」

「近衛はんに渡した一千五百両、返してもろうたらどないです」

　懸念を口にした桐屋利兵衛に、九平次が言った。

「たしかに効果は出てへんが、一度渡した金を返してくれとなると、将来に響くがな」

　公家ほど金に執着する者はいなかった。

「あとでなにか頼むときとかに……」

「頼みますか。御所出入りの看板さえもらえれば、別段京で商いせんでもええんと違いますか」

「……そうやな。もともと御所出入りの看板も大坂のうるさい古手どもを黙らすためのもんやった」

九平次に言われて、桐屋利兵衛が気づいた。

一代で巨万の富を築いた桐屋利兵衛は、かなり悪辣な手段でも遠慮しなかった。そうしないと商都大坂で、後発の商人がのし上がることはできないからである。しかし、それはできあがっていた大坂での秩序を乱す行為でもあった。

「あんまり跳ねなはんなや」

「足下よう見て、一歩ずつ進まんと転けますで」

忠告という名の脅し、嫌がらせが桐屋利兵衛に向けられた。

「お気遣いなしにしておくれやす。うちの看板は、錆付いてまへんよって」

老舗というだけの連中には負けないと、桐屋利兵衛は言い返し、その結果、大坂での商いが手詰まりになりつつあった。

「老舗がえらいんやったら、御所出入りくらい持ってるやろ。ないやと。ようそれでえらそうな顔をしてるわ。見とけ、儂が御所出入りになってやるよってな」

桐屋利兵衛は、歴史に抗うに権威をもってあたると決めた。その結果、桐屋利兵衛は、京に出店をだし、公家衆に金を撒いた。

そこまでしてほしかった看板が目の前にぶらさがった。

「無駄金でっせ。旦那はん」

「たしかにそうやな。一千五百両全部は無理やろうが、少しでも返してもらおうか。なんの役にも立たなかったんやしなあ」

九平次の言葉に桐屋利兵衛がうなずいた。

「ほな、わたいがいて参じます。大津へ手配に行った帰りにでも」

「頼むわ。少しは近衛はんに気を利かせてもええで」

返金されるなかから、多少の気配りはしていいと桐屋利兵衛が言った。

「へえ。後々のことを考えて、手頃なところで話をまとめますわ」

「くれぐれも向こうの言い値はあかんで。それと……」

すっと桐屋利兵衛が目を細めた。

「わかってます」

持ち逃げなんぞ考えるなと釘を刺された九平次が、目を伏せた。

「ほな、ええわ」

桐屋利兵衛が手を振った。

勾当内侍のもとに配された浪は、光格天皇の雑用を担当していた。

「墨を」

「はい」

光格天皇が浪に命じた。

毎朝、朝廷御用として御香宮神社の名水が届けられる。といったところで、桶に二杯ほど、とても飲用や調理には足りないため、墨を磨るのに使われたり、銘茶を淹れるときに用いられた。

「…………」

部屋の隅で墨を磨った浪が、無言で硯と筆を光格天皇の前に置いた。

「……天常在、世無事」

書き終わった光格天皇が満足げにうなずいた。

「…………」

浪がほんの少し顔をあげて、聞きたそうな目をした。

「ふふふ、ほんの戯れ言だがな。天が常に在れば、世の中は事も無く、ようは身分高き者がいつものようにしているならば、民の生活は平穏であるといった意味じゃ。上に立つ者がより高きところを望む、あるいは己に追いついてきそうな者を排除しようすれば、乱世がふたたび起こる。天皇などというものは、飾りでよい。将軍もそうだ。祭りの神輿であればいい」

光格天皇が小さく笑った。

「力を持つ者は、それを維持するだけでいい。力というのは、持っているだけでは役に立たぬ。これほどの威力があると使ってみせねば、力を持ったと言ったところで誰も信じぬ。人は他人を疑うものじゃ」

「………」

浪が真剣な顔つきで聞いていた。

「吾にはこれだけの力がある。見せつけ、知らせてこそ、認められる。他人から恐れられ、頼られて、初めて胸が張れる。そう考える者が多い。これが巷でいうところの無頼ならば、それでいい。だが、政でこれはよろしくない。政には容易に幾千、幾万の命を奪うだけの力がある。年貢を運上を少しあげるだけで、人は死ぬ。払えぬと拒む者は逆らったとして殺される」

光格天皇が小さく首を横に振った。

「上に立つ者は、力を誇らずとも、民から畏れられている。そのことを知ってくれればよいが……典膳正はそれに気づいておるかの。余人はおらぬ。遠慮せず思うところを申すがよい」

「畏れながら……」

浪が目を伏せつつ、口を開いた。

「典膳正さまは、上に立たれるお方ではございませぬ」

「ふふふ。わずかしか触れあっておらぬそなたにも見抜かれるか」

浪の返事に光格天皇が笑った。

「女一人のために、役目を放り出して、命をかけるなんぞ賢い男のすることではございませぬ」

「うらやましいか」

「……はい」

浪は諸大夫家の出、公家の娘である。ただ、身分低い公家の常、貧しさのため、捨て姫として売り払われた。その後紆余曲折があって、砂屋楼右衛門の女として闇に染まった。

「己には差し伸べられなかった手が、他の女には出された」

「恨めしゅうございました。なぜ、わたくしにはそんな出会いがなかったのかと」

「公家は家を考えるからの。いや、家しかないからの。家のためにならぬこと、家に傷がつかぬこと以外はせぬ」

床に落ちる涙を見ながら光格天皇が嘆息した。

「されど、典膳正さまのおかげで、わたくしめはここにおれておりまする。なにより、生きておりまする。処されて当然のわたくしが……」

「……」

光格天皇が黙った。

「ですが、妬むのはまちがいだと気づきましてございまする。わたくしは流されているだけでございました。父に売られたときも、砂屋楼右衛門にさらわれたときも、人を殺めたときも……どれも言われるまま、されるままでございました。それに比して典膳正さまが救いに来られたお方は、ずっと抗っておりました。死の恐怖、陵辱の恐怖に……」

「そうか」

しみじみと光格天皇がうなずいた。

「主上」

うつむいたまま浪が、問うような声を出した。

「なんじゃ」

「主上は、わたくしと二人で恐ろしくはないのでございましょうか。わたくしは人を殺した女でございまする」

「人殺しを恐れるか……いいや。人殺しを忌む、忌避するならば、東征をおこなった神武帝を、壬申の乱で戦った天武帝を、祀れまい」

震えながら訊いた浪に光格天皇が首を左右に振った。

「ただ、我欲による人殺しは厭わなければならぬ。そなたはそれさえわからぬ状況だったのだ。もう二度と他人の命を奪わぬと誓ったならば、他の女御と同じである」

「……ありがとう存じまする」

浪が泣き崩れた。

「……ご無礼を仕りましてございまする。主上、一つお願いが」

「申せ」

「お筆とお紙を賜りたく」

浪が書くものをいただきたいと頭を垂れた。

「筆と紙ならば、これを使えばよい」

愛用の筆と積まれていた紙を光格天皇が与えた。

「かたじけなく存じまする」

押し頂いた浪が、平伏し直した。

「わたくしが見聞きした限りではございまするが、砂屋の悪事を書き記させていただきまする」

「よくぞ、覚悟をいたしたの」

浪の決意を光格天皇が称した。

「その覚悟、朕が預かる」

「主上さま……」

外には出さぬと宣した光格天皇の言葉に、泣き浪が崩れた。

終章

やっと京へ着いた布施孫左衛門は、一休みもせず百万遍の禁裏付役屋敷に向かった。

「御免をくださいませ。こちらに娘がお世話になっておるかと存じまする。拙者、弓江の父布施孫左衛門と申す者」

主のいない役屋敷の門は閉じられている。布施孫左衛門は潜り戸を叩いた。

「ちいとお待ちを」

役屋敷で代々門番を世襲している小者が、奥へと報せに入った。

「……父が」

弓江が眉をひそめた。

「お迎えせんと」

一緒に鷹矢の肌着を縫っていた温子が腰をあげた。

「温子さん、お待ちを」

「江戸からお父はんがわざわざ来てくれはったんでっせ」

「わたくしの父は、温子さんのお父上と同じ」

弓江が布施孫左衛門は鷹矢の敵の走狗だと告げた。

「許嫁から引き離すなんて……それは、嫌やな」

鷹矢のもとへ送られた経緯を弓江から聞かされた温子が引いた。

「ようはわたくしは要らない娘。その捨てた娘に……手紙ではなく、わざわざ江戸から京へ会いに来る。碌でもない用件だとしか思えませぬ」

弓江が嫌そうな顔をした。

「わたいが相手しょうか」

「……いいえ。わたくしの身内のことで温子さんに迷惑をかけるわけには参りませんし」

ため息を吐きながら、弓江が立ちあがった。

「ほな、お茶の用意でも」

「不要ですわ。なかには入れませぬもの」

台所へと言った温子を弓江が止めた。

「もちろん、わたくしと温子さん、財部さま、それと枡屋どののお茶なれば、喜んでいただきますが」

「では、そちらで」

笑いながら温子が台所へ足を向けた。

「…………」

緩みかけた頬を引きしめて、弓江は潜り門まで行き、外の様子を見るために設けられている用心窓から覗いた。

「……父上さま」

「おおっ、弓江か」

声をかけられた布施孫左衛門が用心窓に近づいた。

「ご無沙汰をいたしておりまするが、本日は何用でございましょう」

冷たく弓江が応対した。

「なかへ入れてくれ。話はそこで」

「お断りいたしまする」

父の要求を弓江が拒んだ。

「な、なっ」

拒まれると思ってもいなかった布施孫左衛門が絶句した。

「当屋敷は禁裏付東城典膳正さまのものでございまする。そのお留守に許可もなく、余人を招き入れるわけには参りませぬ」

弓江がまっとうな理由を口にした。

「儂はそなたの父ぞ」

「役屋敷の決まりにはかかわりございませぬ」

「ええい。やむを得ぬ。主君対馬守さまの命である」

布施孫左衛門が若年寄安藤対馬守の名前を出した。

「禁裏付は老中さまのご支配を受けまする。若年寄さまでは筋違いかと」

「すねるな。そなたへの仕打ちが無情であったことは詫びるゆえな」

またも正当な理由で拒んだ弓江を、布施孫左衛門がなだめようとした。

「私用でございましたら、江戸へ戻りましたおりに伺いまする。では、御免を」

弓江が用心窓を閉じようとした。

「待て、待たぬか。そなたのせいで、布施家は潰されるかも知れぬのだぞ」

「おもしろいことを仰せになりまする。女のことで家が潰される。対馬守さまもずいぶんと御情けなきまねを」

「そなたっ」

主君をあしざまに言う娘に布施孫左衛門が絶句した。

「対馬守さまには、わたくしをどうこうするお力はございませぬ。今のわたくしは東城家の奉公人でございまする」

「東城家はもう潰される。越中守さま、老中首座さまに逆らったのだ。今頃江戸で切腹を申しつけられているやも知れぬ」

布施孫左衛門が娘の拠りどころを折りにかかった。

「さようでございますか。では、その報せが届きましたら、屋敷の受け渡しをいたしましてから、後を慕わせていただきまする。父上さまには二度とお目にかかることもございませぬが、どうぞお健やかに。では、御免を」

「あっ……」

今度は容赦なく閉められた用心窓に、布施孫左衛門が唖然とした。

「……後を慕うと申したな」

「そのように聞こえましてございまする」

　供が布施孫左衛門に問われて首肯した。

「女が男の後を慕う……つまりは、そういうことであるな」

「ではないかと」

　喜ぶ布施孫左衛門に、供が同意した。

「ならば問題はなかろう。今頃江戸で禁裏付さまは越中守さまのお言葉を聞いて膝を屈しておられよう。やれ、人並み以上の器量を持ちながら、役立たずなと思っておったが……心配させおって」

　人は己の都合のよいように考えがちである。

「安堵したら、疲れが一気に出たわ。どれ、まずは宿を取ろう。その後、弓江を呼び出して、詳細を聞くことにいたそうぞ」

「はっ」

　布施孫左衛門の指示に供の者が従った。

道中なにもなく、鷹矢たちは大津の宿場を通り過ぎた。

「暗くなる前に屋敷へ入れるか」

鷹矢がほっとした表情を見せた。

「甘いですなあ。そんなに世のなかうまくはいきまへんで」

土岐がゆっくりと首を横に振った。

「やはり甘いか」

鷹矢が苦笑した。

「わかってますねんやろ。越中守がそんなにあっさりしてへんことを」

「執着心のない者がなれるほど、執政は広き門ではないな」

鷹矢が小さく笑った。

「……まったくええ迷惑やで」

京のほうから来た旅人が愚痴を言いながら通り過ぎた。

「すまぬ。足を止めるが、なにかあったのか」

鷹矢が旅人に問うた。

「へ、へえ」

相手が武士では否やも応もない。旅人が少しだけ頬を引きつらせながら語った。

「無頼が山のように集まって、街道を止めているだと」

「さいですねん。御上（おかみ）のお役人でもあるまいに、旅人の面（めん）を検めるし、百文出さへんかったら通さへんと無茶言いまして……商売で急いでなかったら、道変えますねんけど」

旅人が憤っていた。

「いや、すまなかったな。足を止めた。檜川」

「はっ。これは詫びだ」

檜川が素早く百文を旅人に押しつけた。

「よろしいんでっか、おおきに」

百文もらえた旅人が大喜びで、離れていった。

「ほら、いてましたやろ」

土岐が笑うしかないといった顔をした。

「あまりに当然すぎて、あきれている」

京で今の鷹矢を襲うのはまずかった。将軍直々に禁裏付の継続することになったのだ、京都所司代、京都町奉行も見過せない。

鷹矢が家斉の命で十年禁裏付であるということを襲う無頼たちは知らないが、そんなことは言いわけにもならない。

なにより鷹矢は朝廷とのかかわりが深い。浪という女も握っていると思われている。もし、なにかあれば朝廷と幕府が対立することにもなりかねない。

「桐屋に頼まれて」

もし襲撃した無頼が捕まって、一言でも漏らせば松平定信の約束なんぞ、消し飛ぶ。御所出入りも幕府御用達も許されず、その首が六条河原にさらされることになる。

「ちいとはずれまっせ。どのような連中か見てみまひょ」

土岐が街道を外れて、林のなかを身をかがめて歩きだした。

「…………」

鷹矢と檜川もそれに従った。

「……うわあ、いてまんなあ。ひい、ふう、みい……二十八、二十九。二十九人もいてまっせ」

土岐が数えて驚いた。

「浪人もいるな」

鷹矢も確認した。

「飛び道具持ちは……いなさそうでございまする」

檜川が素早く周囲に目を走らせた。

「飛び道具は、数が多いと誤射が怖いからな。同僚を撃てば、仲間割れになる」

鷹矢が飛び道具の心配は要らないだろうと述べた。

「ようは数で押し切るっちゅうわけですな」

土岐があきれた。

「しかし、越中守に十日たらずでこれだけの無頼を、しかも遠い京で用意できるとは思えぬが……」

鷹矢が首をかしげた。

「一人いてますがな。京でも大坂でもどうなとできる金の塊が。その証拠にあの二十九人目、一番奥にいてるやつ、桐屋の京店のもんでっせ」

「なるほど桐屋に手を出したか、越中は」

土岐の言葉で鷹矢が気づいた。

「御所出入りになりたがってましたからなあ。そのへんで釣られたんでっしゃろ。いくら老中首座でも御所出入りは畑違いやのに。まあ本人も老中首座にでけへんことはないと思いこんでるようですけど」

「老中首座という権威にどちらも目が眩んだか」

「そやから大坂での評判も悪いんですわ、桐屋は。大坂は御上がなんぼのもんじゃい。金のない武家なんぞ怖くないわという気概が売りでっさかいな。そこに御上の力に頼って商いを拡げようというやつなんぞ尊敬されへん」

馬鹿だなと笑った鷹矢に、土岐がうなずいた。

「で、どないします。さすがにあんだけの数は面倒でっせ」

「といって、そのままにはできまい。旅人の迷惑だ」

嫌そうな土岐に鷹矢が首を横に振った。

「突っきるか。立ち塞がる者だけ排除して」

「京まで走る気ですかいな。つらいなあ」

土岐が顔をゆがめた。

「一人で全部片付けてくれてもよいのだぞ」

「さっ、行きまっせ」

「現金なやつだ」

駆けだした土岐に苦笑しながら鷹矢が続いた。

「ほらっ、ほら」

無頼たちに近づいた土岐が左右の手に握り込んでいた石礫を投げた。

「ぎゃっ」

「わっ」

頭に喰らった二人の無頼が悲鳴をあげて倒れた。

「どきやっ。痛い目に遭うでえ。刃物は怖いやろ」

石を投げ終わった土岐が匕首を抜いた。

「なんだっ」

「あいつらと違うか。やってまえ」

無頼が混乱した。

「幕府禁裏付東城典膳正である。手向かいするな」

鷹矢が幕府の権威を振りかざして走った。

「まちがいない。逃がすな、囲め」

「しゃっ」

鷹矢を囲もうとした無頼たちに檜川が太刀で斬りつけた。

「うわあ」

斬られた無頼たちが転がり回って、仲間の足下の邪魔をした。

「どけっ。拙者が出る。待て、禁裏付」

浪人が戸惑う無頼を押しのけて鷹矢へ向かおうとした。

「させぬ」

すっと足を速めた檜川が浪人に近づいた。

「ぐへっ」

一刀で首を裂かれた浪人が息を吐くような声を最後に死んだ。

「ひえっ」

「ふん」

逃げ遅れた無頼を鷹矢が太刀で撫でた。

「き、斬られたあ……死ぬう」

薄く肩から腹へと傷をつけられた無頼が恐慌に陥った。

「こいつら、なんやねん」

「役人が剣を振るうなんてあるか」

まだ八人ほどしか傷をつけられていない。ましてや死人なんぞその半分だというのに、無頼たちの腰が引けた。

「ええい、どけ。邪魔だ。儂がこやつらを斬る。その代わり金は総取りじゃ」

壮年の浪人が槍を構えた。

「ほいっ」

土岐が石礫を投げた。

「なんの」

壮年の浪人が槍で石礫を弾いた。

「穂先があがったらあきまへんがな。足がお留守でっせ」

土岐が身体を投げ出すようにして槍の下をくぐった。

「おわっ」

慌てて壮年の浪人が槍を戻そうとした。

続いていた鷹矢が、槍を下から上へと太刀で弾きあげた。

「遅いわ」

「二人とは卑怯（ひきょう）……」

「どの口で言うか。えいっ」

潜りこんだ土岐が匕首で壮年の浪人の両膞を裂いた。

「ぎゃ、ぎゃああ」

人体の急所、肉が薄くすぐに骨の届く膞は、叩かれただけでも絶叫するほどの痛みが走る。そこを斬られてはたまらない。

壮年の浪人が槍を放り投げて、苦鳴した。

「そろそろ行くぞ」

無頼たちのほとんどは逃げ出した。鷹矢がこのまま走り抜けると土岐と檜川に告げた。

「はっ」

「はいな」

檜川と土岐がうなずいた。

「……まったく、手間であった。それもようやく終わりだな」

日が落ちる寸前に鷹矢たちは百万遍の禁裏付役屋敷に着いた。

「甘い、甘いでんなあ」

土岐が目を覆った。

「まだ敵が……」

檜川が緊張した。

「敵やおまへんけどなあ。最大の面倒が役屋敷で手ぐすね引いて待ってまっせ」

にやりと土岐が笑った。

「禁裏付は十年でも、女の華は短い」

「…………」

鷹矢は黙った。

「なんやったら、主上から勅出してもろうても……」

「馬鹿を言うな。私(わたくし)のことで宸襟(しんきん)を悩ませるか」

脅すような土岐に、鷹矢が反発した。

「ほな、さっさとしなはれや。ほら、着きましたで」

鷹矢の背中を押した土岐が、門に向かって大声をあげた。

「典膳正はんのご帰館でっせ」

「お帰りなさいませ」

「お戻りやす」

表門が開いて、弓江と温子が迎えに出た。

「ああ、今戻った」

ほほえむ二人に鷹矢は笑いかけた。

了

あとがき

長らくご愛顧いただきました『禁裏付雅帳』シリーズもおかげさまで大団円を迎えました。これも偏（ひとえ）に皆様方のおかげと深く感謝しております。

お礼の後、まずは二月にまたもや東北を襲いました地震で被害を受けられた方々に心よりお見舞いを申しあげます。

さらに昨今、新型感染症を抑えこむために外へ出るなと、人に会うなと制限がかけられております。わたくしたちのような作家は、基本書斎から出ないですし、打ち合わせをする編集者以外とはまず会いません。県をこえての移動自粛となりますと、大阪在住のわたくしのもとへ誰も来られません。昨年にお声がけいただいていた講演会やイベントなども、ほとんどがキャンセルになりました。こういった催しは、読者さまとお話しできる数少ない機会でもありましたので、まことに寂しい思いをいたしております。

できるだけ早い収束を願ってやみません。

さて、禁裏付雅帳について、少し思い出話をさせてください。

七年前、続けておりました『お髷番承り候』シリーズを終え、次になにを書こうかと担当編集者のS氏と打ち合わせをした結果、まったく別のシリーズを始めるとなりました。それをなにをとち狂ったのか、締め切りの一カ月ほど前に、江戸幕府役職事典を見て禁裏付に興味を持ち、無理矢理変更した結果、シリーズは誕生しました。

幸い、大阪在住で京都は近いので取材はしやすいうえ、江戸時代から大きな戦災や災害を受けていない町並みは、かつての位置関係をそのまま残してくれており、早く雰囲気を摑むことができたおかげで、締め切りは破らずにすみました。

武家政治というのは、平清盛を嚆矢とするという説が有力です。もっとも平清盛は、征夷大将軍として幕府を開くという形を取らず、相国、いわゆる総理大臣として朝廷を牛耳ることを選びました。言い方を変えれば、公家という枠組みのなかで力を振るおうとしました。娘を天皇の妻とし、生まれた子供を皇位に就ける。己は外祖父として孫を操り、朝廷を好きにする。つまり従来の形を乗っ取ることで、天下を我がものにした。ただ、それは新参者が従来の枠組みのなかでの秩序を乱すことであったため、平氏は大きな反発を受け、源氏によって滅ぼされた。

しかし、これが公家政治の終焉に繋がったと私は考えています。どのような経緯があったにせよ、安徳天皇は即位されたわけです。たしかに朝廷も実権は高位の公家、さらにはその公家たちを支える家宰たちに奪われており、天皇はまさに象徴と化していました。ですが、天皇は朝廷の根本、すなわち名分であったのです。その天皇をどういう形にはせよ、京から追い出し、はるか瀬戸内の海で入水させてしまった。公家たちは自らの寄る辺を崩したわけです。

飾りならこちらのつごうで殺してもかまわない。それが武家政治を強固なものにしてしまった。

以降、政治の実権は朝廷にはなく、幕府に移りました。

問題だったのは、武家政治が力を背景にしたものであったことにあります。力ある者が天下を獲っていいのだという前例ができ、鎌倉、室町、そして江戸と政権移行が戦乱を伴っておこなわれることになりました。

力による政治には、名分がありません。強ければなにをしてもいいというのは、一種の真理ではありますが、それを名分にすれば、己が衰えたとき、息子が弱かったとき、手に入れたものは奪い去られます。

それを防ぎ、子々孫々まで今ある権力、財力を受け継がせたい。そう天下人が考えるのは当然であります。

ではどうすればいいのか。

武家にないものは、代々受け継いできたという歴史です。そこで武家たちは歴史の本家ともいうべき朝廷に、その名分を求めました。

歴史ある朝廷から、徳川家は天下を預かっているという形をとったのです。

力を持って上を喰い天下を支配した徳川が、その後援に力を持たない朝廷を頼む。

幕府はその成立した段階で、大きな矛盾を内包してしまいました。

力のない朝廷に形式だけとはいえ、徳川幕府は頭を垂れた。つまり、朝廷が徳川以外の者を認めれば、いつでも天下は委譲させられる。徳川幕府はその恐怖に怯え、京都所司代を設け、朝廷を抑えようとしましたが、西国大名の監察も任としたことでとても手が回らなくなり、やむを得ず直接朝廷を見張る目付として禁裏付を創設した。

そうです。最初から禁裏付は朝廷を脅すことだけのためにありました。

言い方を変えれば、田んぼにおける案山子だったわけです。当然、異変を報せるための鳴子でもありましたが、結局、その役目を果たせず、徳川幕府は明治維新によって崩壊します。

まったく役に立たなかったのか、それとも禁裏付という千石ていどの旗本ではどうしようもなかったのか……。

皆様はどうお考えになられますか。

ここでわたくしなりの禁裏付、青年旗本東城典膳正鷹矢の日々は終演になります。最後をあいまいにいたしましたのは、ここから先を読者の皆様にお任せしたいと思ったからであります。鷹矢が今後朝廷側に付くのか、あるいは家斉に忠義を尽くすのか、京を離れ江戸に戻った鷹矢はどうなるのか、弓江と温子、どちらを妻として愛するのか。

どうぞ、鷹矢たちの未来をお願いします。

さて、作家というのは一つの物語を終えると、新しい世界を構築したくなる生きものです。ただ、デビュー以来二十三年間、走り続けて参りましたので、少しだけお時間をいただきたく存じます。いろいろ新しい発見、解釈が歴史の世界でも生まれています。一度立ち止まって、学びなおしたい。新しい物語のための準備期間を頂戴します。

必ず帰ってきます。そのおりには変わらぬご愛顧のほどをお願いいたします。

末尾になりましたが、皆様方のご健康とご活躍を心より祈念いたします。

また、連作開始当時の担当編集者S氏、現在の担当N氏、校正者さま、表紙絵を描いてくださった西のぼる先生、ブックデザインをしてくれたムシカゴグラフィクスさま、印刷所の皆様、一緒にこの作品を紡いでくださったことに感謝します。さらにこの本を読者さまのお手元に届けられたのは取次さま、書店さまのおかげです。

本当にありがとうございました。

上田秀人　拝

令和三年三月、春らしい暖かき日に。

この作品は徳間文庫のために書下されました。

徳間文庫

禁裏付雅帳㈩

継争

2021年4月15日 初刷

著者 上田秀人

発行者 小宮英行

発行所 株式会社徳間書店

東京都品川区上大崎三－一－一 〒141－8202
目黒セントラルスクエア

電話 編集〇三(五四〇三)四三四九
販売〇四九(二九三)五五二一

振替 〇〇一四〇－〇－四四三九二

印刷 製本 大日本印刷株式会社

ISBN978-4-19-894638-8 （乱丁、落丁本はお取りかえいたします）

上田秀人「織江緋之介見参」シリーズ

第一巻 悲恋の太刀

天下の御免色里、江戸は吉原にふらりと現れた若侍。名は織江緋之介。剣の腕は別格。彼には驚きの過去が隠されていた。吉原の命運がその双肩にかかる。

第二巻 不忘の太刀

名門譜代大名の堀田正信が幕府に上申書を提出した。内容は痛烈な幕政批判。将軍家綱が知れば厳罰は必定だ。正信の前途を危惧した光圀は織江緋之介に助力を頼む。

第三巻 孤影の太刀

三年前、徳川光圀が懇意にする保科家の夕食会で起きた悲劇。その裏で何があったのか——。織江緋之介は光圀から探索を託される。

第四巻 散華(さんげ)の太刀(たち)

浅草に轟音が響きわたった。堀田家の煙硝蔵が爆発したのだ。織江緋之介のもとに現れた老中阿部忠秋の家中は意外な真相を明かす。

第五巻 果断(かだん)の太刀(たち)

徳川家に凶事をもたらす禁断の妖刀村正が相次いで盗まれた。何者かが村正を集めている。織江緋之介は徳川光圀の密命を帯びて真犯人を探る。

第六巻 震撼(しんかん)の太刀(たち)

妖刀村正をめぐる幕府領袖の熾烈な争奪戦に織江緋之介の許婚・真弓が巻き込まれた。緋之介は愛する者を、幕府を護れるか。

第七巻 終焉(しゅうえん)の太刀(たち)

将軍家綱は家光十三回忌のため日光に向かう。次期将軍をめぐる暗闘が激化する最中、危険な道中になるのは必至。織江緋之介の果てしなき死闘がはじまった。

新装版全七巻

徳間時代小説文庫 好評発売中

上田秀人「お髷番承り候」シリーズ

一 潜謀の影（せんぼうのかげ）

将軍の身体に刃物を当てるため、絶対的信頼が求められるお髷番。四代家綱はこの役にかつて寵愛した深室賢治郎を抜擢。同時に密命を託し、紀州藩主徳川頼宣の動向を探らせる。

二 奸闘の緒（かんとうのちょ）

「このままでは躬は大奥に殺されかねぬ」将軍継嗣をめぐる大奥の不穏な動きを察した家綱は賢治郎に実態把握の直命を下す。そこでは順性院と桂昌院の思惑が蠢いていた。

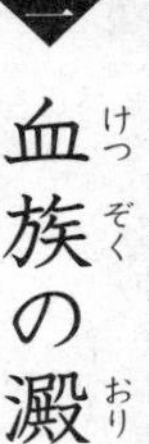

三 血族の澱（けつぞくのおり）

将軍継嗣をめぐる弟たちの争いを憂慮した家綱は賢治郎を密使として差し向け、事態の収束を図る。しかし継承問題は血で血を洗う惨劇に発展——。江戸幕府の泰平が揺らぐ。

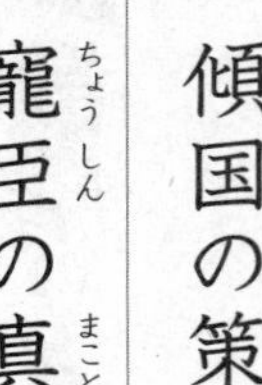

四 傾国の策（けいこくのさく）

紀州藩主徳川頼宣が出府を願い出た。幕府に恨みを持つ大立者が沈黙を破ったのだ。家綱に危害が及ばぬよう賢治郎が目を光らせる。しかし頼宣の想像を絶する企みが待っていた。

五 寵臣の真（ちょうしんのまこと）

賢治郎は家綱から目通りを禁じられる。浪人衆斬殺事件を報せなかったことが逆鱗に触れたのだ。事件には紀州藩主徳川頼宣の関与が。次期将軍をめぐる壮大な陰謀が口を開く。